KB126461

이것은 바나나가 아니다

파란시선 0002 이것은 바나나가 아니다

1판 1쇄 펴낸날 2016년 1월 1일
지은이 유지소
펴낸이 채상우
디자인 최선영
펴낸곳 (주)함께하는 출판 그룹 파란
등록번호 제2015-000068호
등록일자 2015년 9월 15일
주소 (07552) 서울시 강서구 공항대로 59길 80-12, 3층(등촌동)
전화 02-3665-8689
팩스 02-3665-8690
이메일 bookparan2015@hanmail.net

ISBN 979-11-956331-2-8 04810
979-11-956331-0-4 04810 (세트)

값 9,000원

*이 책의 국립중앙도서관 출판시도서목록(CIP)은 서지정보유통지원시스템 홈페이지(http://seoji.nl.go.kr)와 국가자료공동목록시스템(http://www.nl.go.kr/kolisnet)에서 이용하실 수 있습니다.(CIP 제어번호: CIP2015032265)
*이 시집은 2015년 한국문화예술위원회에서 지원한 아르코문학창작기금 수상 작가의 작품집입니다.

이것은 바나나가 아니다

유지소

시인의 말

신은 시보다 뒤에 있고 생은 시보다 앞에 있다

한글이 그렇다

나는 한글을 쓰는 사람이다

차례

제2부

제3부

제4부

제5부

해설

제1부

그 해변

그 해변에서는 가벼운 화재도 사소한 싸움도 일어나지 않는 것이다 도대체 살아 있는 사람이 도착하지 않는 것이다

그 해변은 지루해서 지루해서 지루해서 작은 모래알은 더 작은 모래알을 질투하는 것이다 더 작은 모래알보다 더

더더더더더더더더더더더더더 작아지려고 자꾸 발끝을 벼랑 위에 세우는 것이다 벼랑이 먼저 무너지는 것이다

모래를 넘어 모래를 넘어 모래를 넘어 모래를 넘어 모래를 넘어 모래를 넘어 모래가 넘어지는 것이다 그 해변은 그렇게 더

더더더더더더더더더더더더더 가까이 세계의 끝으로 다가가고야 마는 것이다

다정한 모자

우리는 식탁에 앉았다
일요일은 아니다

부탁이 있어
내가 죽으면 저 바다에 뿌려 줘

안 돼요 바다에
쓰레기를 버렸다고 벌금을 물게 될 거예요

한 개의 사과가 한 개의 접시 옆에 있다
공휴일도 아니다

너에게는 밑밥을 잘 던지는 기술이 있잖니?
고객에게나 고기에게나
밤안개가 음악처럼 잔잔하게 깔리는 날
밤바다에 밤낚시를 하러 가는 거야
너는 낚시꾼 나는 밑밥
오케이?

한 개의 접시 옆에 두 개의 포크가 있다

그렇게 늦은 밤도 아니다

안 돼요
내가 병든 물고기를 먹을 수는 없어요

여보세요 병든 물고기는 먹는 게 아니라
파는 거란다
그게 이 세상의 진리란다 나도 비싼 값을 주고
병든 인생을 산 경험이 있어
나 때문에
부자가 되었다고 말하는 사람도 종종 만났어

그래도 안 돼요 장사는
아무나 하는 게 아니라고 했어요
차라리 땅을 파겠어요

과도는 내 오른손에 잡혀 있다
오른손은 사과 옆에 없다

안 돼! 지금 나보고

죽어서도 애를 키우라고 하는 거냐?
죽어서도 애벌레가 되라고 하는 거야?
애호박 애물단지 애매모호 나는 애로 시작하는 것은
다 싫다 애늙은이도 싫다
애들은 언제나 애가 쓰이게 하잖아

나는 다 컸어요 내 애는 내가 키울 수 있어요
애인처럼 다정한 모자를 상상해 보세요

사과는 붉고 푸르고 접시는 길고 푸르고
포크는 뼈만 남았다

잔인하구나 나보고 모자를
죽어서도 쓰라고 말하는구나 죽어서 쓰는 모자는
봉분밖에 더 있니?
모자는 외출할 때 쓰는 물건이란다
아무리 모자를 좋아하지만
봉분을 쓰고 외출할 수는 없지 않겠니?

우리는 마주 보고 앉아 있다

포크는 나란히 누워 있다

오늘도 미세먼지주의보가 내렸어요
외출할 때 모자보다는
마스크에 신경을 쓰도록 하세요

이젠 내 얼굴이 부끄러운 모양이구나
다시 부탁하마 내가 죽으면
저 산꼭대기에 뿌려 주거라 정상에 오르면
정상에 오른 사람답게
변함없이
부드럽고 따듯하고
변함없이 변하는 마스크를 꼭 쓰도록 하마

우리는 식탁에 앉아 있다 식탁은 네 개의 다리와
네 개의 둥근 모서리를 가지고 있다

쇼 605

방문이 열려 있지 않았다면
방문이 열려 있었어도
방문 앞에 발가벗은 그의 몸뚱이가 누워 있지 않았다면
발가벗은 그의 몸뚱이가 누워 있었어도
하얗게 질린 두 사람이 다급하게 그 방으로 뛰어들지 않았다면
두 사람이 다급하게 뛰어 들어갔어도
좀 전까지 살아 있었다고 했는데…… 가늘게 떨리는 여자의 목소리가 방 밖으로 새어 나오지 않았다면
여자의 목소리가 방 밖으로 새어 나왔어도
길고 흰 바퀴 달린 의자를 조용히 밀고 온 제3의 남자가 사진 찍고 나면 옮길게요 조용히 말한 다음 다시 조용히 돌아가지 않았다면
제3의 남자가 조용히 돌아갔어도
그가 남기고 간 건물 앞에 제3의 남자보다 조용히 경찰차가 나타나지 않았다면
경찰차가 나타났어도
경찰차가 사라진 다음 날 저녁 아, 차라리 잘 죽었지 빵에서 나온 지 두 달밖에 안 되었다던데 또 그 짓을 했다네 주인이 그렇게 말하지 않았다면

주인이 그렇게 말했어도

오늘 그 방 두 번 청소했어요 닦아도 닦아도 방바닥이 끈적끈적하더라고 이모들이 투덜거렸어요 카운터가 그렇게 말하지 않았다면

카운터가 그렇게 말했어도

방문에 검은 X를 커다랗게 쳐 놓지 않았다면

한여름 밤의 인터뷰

팔월이었기 때문에
모든 질문에 한 단어로 대답할 수 있었다

당신은 누구입니까?
당신은 언제입니까?
당신은 어디입니까?

초록과 초록 아닌 색깔로만
색깔론을 쓸 수 있는 팔월이었기 때문에

얼음과 얼음 아닌 음식으로만
음식을 주문할 수 있는 팔월이었기 때문에

무엇이 당신입니까?
어떻게 당신입니까?
왜 당신입니까?

고인에 대해서나 국기에 대해서나
똑같은 자세로 경례를 하는 군인처럼

문을 잠글 때 사용했던 열쇠를
문을 열 때에도 반드시 사용해야 하는 규칙처럼

오른쪽 귓바퀴와 왼쪽 귓바퀴 사이에서
웃지도 울지도 못 하는 하얀 마스크처럼

글쎄요, 글쎄올시다

45도 각도로 고개를 숙인 냄새가 나는 것 같기도 하고
45도 각도로 고개를 쳐든 냄새가 나는 것 같기도 하고

내가 당신입니까?
당신이 나입니까?

비와 구름과 바람의 세계에서도
지역감정이 격해지는 팔월이었기 때문에

발정 난 개들도 짖지 않고
죽은 듯이 엎드려 있는 팔월이었기 때문에

캔디의 계절

나날이 팽창하는
잔디를 위해서
더 많은 공원과 더 많은 무덤이 필요하다
막대사탕을 입에 문 채
당신의 세계는 45도 각도로 기울어져 있다
그런 당신을 위해서
잔디 위에 누울 것인가 잔디 아래에 누울 것인가
양자택일의 질문이 필요하다
잔디밭에 들어가지 마시오—라고 외치는
작은 팻말의 권리와 의무를 위해서
동아줄로 테두리를 휘감은
잔디밭이 필요하다
그곳의 잔디는
우리의 손발이 닿기도 전에 삐릭삐리릭
신음 소리가 나는 피부가 필요하다
햇빛 짱짱한 날에도 공치는
늙고 병든 일용직 근로자의 일당을 위해서
잔디밭에는
자고 나면 한 뼘씩 자라나는
개망초나 쑥부쟁이 같은 키 큰 풀이 필요하다

비만 오면 잔디를 잡아먹는 벌레가 필요하다

잔디는 남아돈다
우리 옛집 마당과 아버지의 무덤을 뒤덮은 후에도
남아 있다

우리가 미처 생각조차 하지 못하는 방법으로
우리를 지극히 사랑하는 사람은
저 멀리서
잔디 깎는 기계를 타고 온다
토성이 폭발한 다음에 토성보다 먼 곳에서 온다
그를 위하여
더 많은 잔디 잔디 잔디가 필요하다

의학용어사전

#1

국어: barbaralalia 외국어발음불능증

#2

비: abarticular 관절과관계없는—, 비관절—

#3

문: acculturationproblem 문화적응문제

#4

잠: baillock 베일잠금장치

#5

너: absorptionenergy 흡수에너지

#6

사과: apple 사과

#7

돼지: Ascaris suum 돼지회충

#8

사람: anthropophilism 사람기호성

#9

시: abortionist 낙태시술자

0.5℃

1. 실수의 온도

태초에 남자의 체온은 18℃였다 태초에 여자의 체온도 18℃였다 태초의 남자와 태초의 여자가 태초로 몸을 합해서 태초의 아기를 만들었는데 그 아기의 체온은 36.5℃였다

그들은 이해할 수 없었다 18 더하기 18은 36이 분명한데…… 어디서 0.5의 불순물이 섞였던 걸까…… 어쩔 수 없이 그들은 태초의 실패작을 내다 버렸다 태초의 실수였다 그들은 죽을 때까지 깨닫지 못했다 태초의 실패작 속에 무엇이 들어 있었는지를

2. 두려움의 온도

태초의 버림받은 이 기억 때문에 또다시 버림받지 않을까 하는 두려움 때문에 오늘날도 아기들은 태어나는 순간 심하게 운다

간혹 울지 않는 아기도 있는데 울지 않으면 의사들이 아기의 엉덩이를 때려 준다 의사들은 태초의 기억을 살려 주

는 것도 자기들의 의무라고 생각한다

3. 호기심의 온도

오늘도 여자들과 남자들은 지구 곳곳에서 몸과 몸을 포갰다가 뗐다가 마음과 마음을 합쳤다가 쪼갰다가, 생체 실험에 몰두하고 있다

태초에 태초의 그 불순물은 어디서 어떻게 생겨났을까 그 불순물이 도대체 뭐길래 사랑하다 이별을 하면 심장이 얼어붙거나 영혼에 오한이 드는 것일까

패총

&&& 오늘도 통유리 안에서 &&& 오늘도 가랑이를 벌리고 있는 &&& 오늘도 없는 속내를 빤히 드러내 놓고 &&& 오늘도 짝을 찾지 못한 채 &&& 오늘도 첩첩이 오늘도 속속들이 &&& 껍데기 옆에 껍데기 &&& 껍데기 위에 껍데기 &&& 껍데기 틈에 껍데기 &&& 오늘도 기어이 오늘도 하필이면 &&& 오늘도 뒤죽박죽 오늘도 이판사판 &&& 오늘도 조명은 간접적으로 &&& 오늘도 하품은 그곳으로 &&& 오늘도 역사적인 오늘 &&& 오늘도 잡초만 무성한 &&& 오늘도 언덕에서 우연히 발굴되는 &&& 오늘도 손도장이 찍힌 유리 벽 뒤에서 &&& 오늘도 관람료를 받지 않고 &&& 오늘도 24시간 관람객을 받는 &&& 오늘도 썩지 못하고 &&& 오늘도 선사시대 &&&

텔레비전요리프로그램

요리하기전부터입을벌리고있는홍합은죽은홍합이라고요리사는말한다 요리하기전부터입을벌리고있는홍합은절대로먹으면안되고요리한다음에도뜨겁게익힌다음에도입을굳게닫고있는홍합은먹어도된다고칼이나포크나손톱같은것으로억지로입을벌려서먹어도된다고스페인요리사는말한다 스페인요리중에서도해질녘맥주한잔과먹는홍합요리가일품이라고늙은대머리요리사는바다가보이는텔레비전요리프로그램에서말한다

침대를 먹어 치울 것처럼
나는 붉은 피로 얼룩진 침대보를 벗겨 내고 있었다

침대는 뜨끈뜨끈하고
침대는 무겁고

내 손은 침대 밑에서 나올 줄 모른다

너무 많은 땀이 흐른다

이것은 바나나가 아니다

이건 바나나 같아

바나나처럼 길고

바나나처럼 노랗고

바나나처럼 쭈욱 껍질이 찢어지고……

이건 바나나가 확실해

바나나처럼 약간만 휘어지고

바나나처럼 조금만 달콤하고

바나나처럼 우리 집 정원에는 없고……

이건 100퍼센트 100퍼센트 바나나야

바나나처럼 털도 없고

바나나처럼 카페인도 없고

바나나처럼 망고주스를 만들 수도 없고……

이건 바나나

바나나 바나나 바나나 바나나 바나나

너를 유혹하고

너를 넘어뜨리고

너의 바나나라고 부를 수밖에 없는……

이건 바나나가 아니면, 그래도 바나나야

바나나처럼 바나나 옆에 척 붙어 있고

바나나처럼 바나나 반점이 돋아나 있는

콜라주 20081224

넬리 아르캉의『창녀』를 갈갈이 찢어 붙이다

훌쩍거리는 발바닥 ### 계단식 허파 ### 소돔 백이십 일 접촉소개소 ### 에나멜 구두의 관점에서 침대용 빨강 머리는 금지 식품이다 ### 무의미의 블랙홀 ### 베일을 쓴 텍스트는 뽕브래지어가 지긋지긋하옵니다 ### 갈고리의 서글픈 척추 측만 ### 근심사를 쇼핑하는 폭풍우 ### 물렁물렁 ### 흐물흐물 ### 천국의 플랫폼에는 사악한 초콜릿이 대기 중이지 ### 고무 인형의 핵심은 이중의 덧칠에 있어요 ### 당신의 영웅적 꼼지락증 당신의 붉은 반점은 최신 유행이야 ### 처방의 최종 목표는 질주하는 히스테리에 있고 ### 근친상간과 백일몽을 교접한 멜로드라마는 식탐을 유발하고 ### 늘 그런 식이니까요 ### 굿나잇 ### 벽난로와 음부를 바꿔치기하는 산타클로스 ### 불특정 다수의 평행 관계는 가면의 세계를 창조한다 ### 똥개의 시각으로 무의식과 메커니즘 접붙이기 ### 자발적으로 뒤틀린 욕망의 탭댄스 ### 나는 진행 중인 기절초풍이에요 나를 납치해 주실 분?

질투 수업

오늘도 사각 타일을 질투합시다
이렇게 매끄럽고 이렇게 희고 이렇게 반듯한 사람
또 없습니다

오늘도 변함없이 오 분마다 질투합시다

빚쟁이가 오 분에 한 번씩 전화벨을 울려 대는 것처럼
붕어빵 틀이 오 분에 한 마리씩 붕어빵을 구워 내는 것처럼

사각 타일은 사각 타일끼리 모여서
겨우 화장실 벽이거나
겨우 화장실 바닥입니다

사각 타일과 사각 타일 사이에 꽃피는 것은
겨우 까만 물때이거나 까만 곰팡이입니다

우리가 물방울이라면
샤워기에서 쏟아지는 물방울처럼
따로따로

방울방울
흩어져서 질투합시다

물방울은 물방울끼리 모여도 여전히 물방울입니다

그의 두 뺨에 두 가슴에 두 거기에
맺히면서
구르면서
흘러내리면서
끝끝내 얼룩을 남기면서 질투합시다

이렇게 한결같고 이렇게 평화롭고 이렇게 속없는 사람
또 없습니다

참을 수 없는 가려움으로
참을 수 없는 간지러움으로
오늘도
전투적으로!
마지막 질투를 개발합시다

오 분 후에 사라질 거품이
거품 위에 거품을 물고 엎어지는 것처럼
오 분 후에 죽을 사람이
죽을힘을 다해 담배를 꼬나무는 것처럼

우리테니스교실

우리가 탓이라고 부르는 공이여
사랑하는 여인을 찾아 황야를 떠도는 외로운 총잡이의 가죽 부츠 냄새가 나는 공이여

탓, 하고 탓이 당신에게 날아가고 탓, 하고 탓이 당신 앞에 떨어지고 탓, 하고 탓이 출렁 당신의 그물에 걸리고

아아아름다운 저녁입니다

만약 내가 오른쪽 구두였다면 분명히 왼쪽 구두를 질투했을 것입니다 오 분에 한 번씩 당신을 향하여 탓, 하고 탓, 탓, 꺾이는 내 왼쪽 발목이여

만약 내가 강철 태엽을 가졌다면 나는 곧 행복한 자동인형입니다 삼 초에 한 번씩 당신을 향하여 탓, 하고 탓, 탓, 탓, 돌아가는 내 얼굴이여

이이이런 기분 처음입니다

당신은 두 팔을 지구의 반 바퀴나 휘두르며 이것은내탓

이아닙니다, 하고 당신의 탓을 나에게 넘기고 탓, 하고 탓이 나에게 돌아오고

그그그러니까 말이죠 스트레스 날리는 데는 테니스가 최고라니까요

우리는 땀을 뻘뻘 흘리며 흘러내리는 머리카락을 쓸어 올리며 역시 당신 실력은 짱이에요 엄지손가락을 벌떡 치켜세우며

그러니까 어어어디까지나 사랑입니다

영화의 엔딩 자막처럼 위로 위로 위로 떠오른 공이 다시 내려오지 않을 때까지 우리가 가진 공이 하나도 남지 않을 때까지

우우우리는 점점 깊어집니다

나비

나비는
키스를 찾아

1번 출구로

나비는
내가 아닌 나를 찾아

1번 출구로

한때 나비였던 사상 나비였던 음악 나비였던 연인

나비는
나비를 찾아

이 밤도 1번 출구로

제2부

낮달

나는
거기 있었다 네 머리 위에
거기 있었다 네가 떠나간 후에도

거기가 거기인 줄도 모르고
거기 있었다

물이 흐르면서 마르는 동안
바퀴가 구르면서 닳는 동안

지구가 돌면서
너의 얼굴을 바꾸는 동안

그동안
거기 있었다
나는

거기라는 말보다도 한참 먼 거기에

태양 표절자

나도 모르게 그렇게 우회전만 했다 지구의 아침이 스러지는 곳에서 지구의 저녁이 발생하는 방향으로

꼭 그래야 한다는 생각도 없이 그렇게 우회전만 했다 하나의 바위가 부서지는 곳에서 하나의 사막이 성장하는 방향으로

아무도 믿지 않겠지만 그냥 그렇게 우회전만 했다 마지막 꽃잎이 떨어지는 곳에서 마지막 가을이 완성되는 방향으로

비가 오면 빛이 나지 않으므로 비가 오는 날은 집 밖으로 나가지 않았다 그림자가 없는 너처럼

그럼에도 불구하고 오늘도 그렇게 우회전만 했다 사람이 사랑을 기다리는 곳에서 한 사람이 한 사람을 기다렸던 방향으로

그렇게 바나나 콩 희미한 꿈속에서도 우회전을 해야만 했다 아무도 웃지 않는 곳에서 아무도 웃을 수 없었던 방

향으로

콩? 콩! 콩.

콩이 굴러간다
생쥐처럼 까만 눈동자를 빛내며
한밤의 연인들이 굴러 굴러간다

질투와 연민 사이
식탁과 침대 사이
한 덩어리 그림자와 함께 굴러 굴러 굴러간다

달려라, 콩.
멈추면 죽는다, 콩.

탁자에 맹물을 한 잔 올려놓고
이별은 너를 기다린다
지금은
한 잔의 맹물이 우주의 중심이 되는 시간

한 잔의 맹물을 중심으로
검은 태양이 백 바퀴 또 백 바퀴 돌 때까지
결코 오지 말 것

너는 콩.
반쪽짜리 콩.

하나의 껍질이 벗겨지고 나면
두 개의 반쪽으로 갈라지고 만다
반쪽 난 콩은 아무 데로도 굴러가지 못한다

늦은 밤
혼자서 말없이
콧물을 훌쩍이며
콩나물국밥을 퍼먹는 사람

처음부터 한쪽밖에 없었던
너
모두, 너

선물용 과일 바구니

그거 알고 있니? 너는 불행할 때 젤 예뻐 보여.
너의 불행이 내가 가진 불행보다 병아리 발톱만큼이라도 더 크고 길어 보일 때
너는 젤 좋은 친구 같아.

나는 요즘 부정을 부정하려고 노력해. 세계의 명화를 보면서 텔레비전 광고를 보면서 유명 인사의 강연을 들으면서 끊임없이 맹연습을 하지.
내 입은 말하고 내 귀는 듣고 내 뇌는 아로새기지.

이것은 파이프입니다.
이것은 침대입니다.
이것은 끝입니다.

오늘도
네가 무척 보고 싶었어.

네가 울먹이는 목소리로 전화해서
네 삶을 불평해 주기를 바랐어.
그러면 내 어젯밤의 악몽과 장딴지의 뭉친 근육과 옆집

개 짖는 소리가 한꺼번에 날아갈 것 같았거든.

바게트 어슷하게 자른 빵 위에 계란 프라이 반쪽, 계란 프라이 위에 빨간 토마토케첩과 하얀 마요네즈

이것만으로도 내 오후는 충분히 행복해졌지만

나는 지금 감자를 굽고 있어.

사람은 누구나 죽는다는 것 정말 매력적인 평등이야.

그때까지

너, 절대 웃지 마.

틈이 벌어진 앞니 사이로 네 불행이 줄줄줄 흘러내리면 나는 너를 영영 떠날지도 몰라.

해충의 발생

너의 핏방울을 콕콕콕 찍어서 편지를 쓰고 싶었어. 너의 연분홍 손톱 밑에 편지를 쓰고 싶었어. 그 저녁이 생각나니? 너의 손가락이 한없이 길어지던 그 골목은 생각나? 사랑도 아니고 혁명도 아니고, 겨우 말라비틀어진 탱자 하나 때문에, 너를 닮은 탱자 하나 때문에, 누군가는 피를 흘리고 누군가는 죽을 듯이 비명을 지르던 그 세계.

네가 각각 다른 열 개의 손톱을 가졌으니, 나는 각각 다른 열 개의 장미꽃을 그릴 수도 있었어. 내 피는 얼음처럼 차갑고 너의 피는 드라이아이스처럼 뜨거우니까. 나는 너무 심심해서 토할 것 같고 너는 너무 바빠서 토할 것 같으니까. 비록 그것이 거짓일지라도 우리는 모두 그런 척해야 하니까, 그런 척해야 비로소 사람 같아 보이니까.

적어도 한 번 이상 죽어 본 사람만이 이해할 수 있는 농담들, 죽은 사람도 살려 낸다는 신비한 약초에 관한 민간요법들, 이웃집 보일러 아줌마와 송이버섯 아저씨의 불륜에 관한 확고한 소문들, 그런 것은 굳이 우리 역사에 필요 없는 이야기들.

너의 손톱 병정들은 매일 새로운 갑옷으로 무장하고 너의 손톱 성벽을 굳세게 지키고 있었어. 네 손톱 밑에 살고 있는 너, 토성의 고리처럼 너를 떠나면서 너를 떠나지 못하고 있는 너, 네가 사랑하는 너, 사랑할 수밖에 없는 너.

기어코 너에게 편지를 쓰고 싶었어. 네가 모르는 너의 얼굴에 대하여, 좌절과 분노가 아니라 순수한 순간의 통증으로 찡그린 너의 얼굴에 대하여. 그것은 마치 콧등으로 나에게 윙크를 하는 것 같았어. 콧등으로 오래전에 잃어버린 네가 너에게로 돌아오는 것 같았어.

드디어 내가 미쳤나 봐, 나는 매일매일 네 생각에 시달려.

오늘보다 내일 네가 조금 더 많이 아팠으면,

너의 심장에도 각각 다른 백 개의 손톱이 붙어 있었으면,

네가 진짜로 죽어 버렸으면,

운동하러 가자

운동하러 가자 운점공원에
트랙이 좀 작아 한 바퀴에 삼 분밖에 걸리지 않지만
빙판으로 만든 오르막과 내리막이 있어

나는 시계 반대 방향으로 돌고
너는 시계 방향으로 돌자
그래서
사랑에 빠져 있는 나는 한 바퀴에 삼 년씩 젊어지고
이별을 준비 중인 너는 한 바퀴에 삼 년씩 늙어 버리자

철봉과 시소 사이
노인정과 화장실 사이
운명처럼 너와 내가 어? 어! 마주치겠지만
사랑이 뭐 별건가 이별이 뭐 별건가

바늘엔 귀 옥수수엔 수염 카메라엔 눈

이렇게 운동하기 좋은 날
우리는 삼분트랙의 주둥이에
삼 분마다

동전 같은 몸뚱이를 밀어 넣어 보자

트랙이 우리의 핏방울을 모조리 빨아들일 때까지
트랙이 꿈틀꿈틀 살아나서
우리의 껍데기마저 모조리 삼켜 버릴 때까지

돌고
돌고
돌아 보자
나는 한 마리 우로보로스처럼
너는 한 대의 원심분리기처럼

그 밤, 백리사탕

그 밤
개구리는 울지 않고 화물 트럭은 딱 한 대 지나갔다 구름은 흑인 신부의 웨딩드레스처럼 검은 산등성이의 쇄골 아래로 흘러내리고 흘러내린 구름 때문에

달이 사라진 그 밤
아무리 봐도 저 달은 어제 죽은 검은 고양이의 왼쪽 눈을 닮았군
아니야 안경을 쓰고 보니 저 달은 눈꺼풀이 살짝 처진 그 사람의 바른쪽 눈을 닮았어

도대체 자정을 넘어가지 못하는
그 밤
우리는 식어 버린 블랙커피를 마시며 어느 누구의 음악도 듣지 않으며
향기가 각각 다른 담배 연기를 서로의 귓구멍에 불어넣으며

그 밤
평생 두 번 다시 오지 않을 그 밤

우렁이들은 분홍색 알을 낳기 위해 푸른 부들의 발목 위로 기어오르고 야간 비행을 떠난 비행기 한 대는 아스라이 북극성 너머로 사라지고

아직도 백 리 밖에서 헐레벌떡 달려오는
그 그 그 밤
다 다리가 아프다고 자꾸 주저앉는 강물에게 나는 돌사탕 하나를 물려 주었다
이 사탕이 다 녹으면 바다에 도착하는 것이라고 어서어서 빨아먹으라고

누런 비닐로 겹겹이 포장한 얼굴 하나를

너는 개구리

내가 죽은 것도 아닌데
너는 왜
자꾸자꾸 울어 쌓니?

집에 불이 난 것도 아닌데
너는 왜
팔짝팔짝 뛰고 있어?

네가 대답을 할 줄 모르는 동물이어서
나는 무엇이든
물어볼 수 있다

네가 죄가 무엇인지 모르는 동물이어서
나는 마음 놓고
돌을 던질 수 있다

노랑어리연꽃을 지나
애기부들을 지나 붕어마름을 지나
수면 위로 조용히 얼굴을 내미는 것들

축축하고
미끈미끈하고
피가 차가운 것들

내 목구멍에서 발가락에서
불쑥불쑥
태어난 것들

내가 사탕을 준 것도 아닌데
왜 너는
울음을 뚝 그치고 있니?

썰물

첫눈…… 하는데 첫눈이 온다. 밀물…… 하는데 밀물이 온다. 내 생각은 창문이 너무 많다. 창문이 많은 집은 얼룩도 많다. 등대…… 하는데 등대는 보이지 않는다. 사각의 창틀에는 사각의 유리가, 서른 개의 계단에는 서른 개의 걸음이, 오늘의 일기예보에는 내일의 날씨가.

내가 하는 말을 내가 이해하지 못할 때도 있다. 번개…… 하는데 나비가 날아간다. 나비…… 하는데 천둥이 친다. 모래는 모래를 이해하기 위해 백사장으로 왔는지도 모른다. 물방울은 물방울을 이해하기 위해 바다로 왔는지도 모른다. 하필이면 인생이 가장 작아졌거나 가장 커졌을 때.

오전과 오후, 밤과 낮, 여자와 남자, 차도와 인도, 해와 달…… 너와 나의 이분법들. 안개…… 하는데 꽃이 두근거린다. 구두…… 하는데 총소리가 난다. 3초 간의 불안, 3초 간의 광기. 검은 해안선에는 얼굴이 없다. 바다와 바다 사이에서 젖었다 말랐다 젖었다 말랐다 반복하는 작은 갯바위 하나. 꽃은 죽어도 꽃이다.

내 사랑의 수위를 낮춘다. 네 쇄골보다 낮게, 네 명치보다 낮게, 네 배꼽보다 낮게. (콩팥이란 말 참 좋다, 네 콩팥보다 더 낮게.) 그만하자. 이건 너무 통속적이다. 다시 시작하자, 전략적으로. 너에 대한 내 사랑의 수위를 낮춘다. 네 무릎보다 낮게, 네 발목보다 낮게, (네 노란 생각의 깊이보다 더 깊이.)

거미…… 하는데 한 사람이 서 있다. 말미잘…… 하는데 누군가 쿡쿡 웃는다. 자연은 비밀이 너무 많다. 뻘은 비밀의 글자로 적은 비밀 편지 같다. 한번 빠진 발을 더 깊이 빨아들이는 물컹물컹한 글자들. 너는 너무 쉽게 움직이는 물질이어서, 나는 나를 고정시킬 수가 없다. 홍합처럼 족사(足絲)를 가지고 싶은 이 마음.

이렇게 솔직해도 좋은 것일까, 가령 누군가를 죽여야 한다면. 이렇게 예측 가능해도 괜찮은 것일까, 누군가를 진짜 속여야 한다면. 이렇게 용의주도해도 슬픈 것일까, 결국 그 누군가를 사랑해야 한다면.

나는 모른다, 아무것도 몰라서 계속할 수 있다.

폭염

초록색은 초록색으로 지워야 들키지 않는다 한 개의 떡갈잎을 지우기 위해 두 개의 떡갈잎을 그린다 두 개의 떡갈잎을 지우기 위해 네 개의 떡갈잎을 그려야 하듯이

떡갈잎의 생명은 톱니바퀴에 있다 톱니바퀴는 너를 자전거에 태우고 떡갈나무 숲으로 데려오는 역할을 한다

너의 입술과 내 입술이 톱니바퀴처럼 맞물려 돌아갈 때 떡갈나무 숲에서는 총알이 핑— 핑— 핑— 날아다니고
우리가 없는 어떤 나라에서는 진짜로 사람이 죽기도 한다

재촉하지 말자 아무것도
불타는 대지를 깊은 한숨처럼 느리게 느리게 걸어가는 얼굴일지라도
심장은 아무리 빨리 뛰어도 그 자리에서 꼼짝하지 못한다 악몽처럼 너는 나의 심장에서 뛰고 있다

한 개의 너를 지우기 위해 두 개의 너를 그린다 두 개의 너를 지우기 위해 네 개의 너를 그려야 하듯이

초록색은 바닷물이 다 마를 때까지 마르지 않을 것이다
조금 있으면 곧 휴가가 시작되고
아무도 없는 등대까지 우르르 몰려갔다가 우르르 돌아오는 밀물처럼
나도 그렇다!
나도 그렇다!는 속삭임이 우리 사이에 흘러넘칠 것이다

가만히 앉아서
미칠 듯이 한 사람만 생각하면 모두 그렇다
눈을 감을 수가 없다

수국의 세계

비는 오지 않고, 출산일이 임박한 암캐처럼 축 늘어진 뱃가죽을 질질 끌고 다니는 안개, 모퉁이를 돌아도 안개, 너를 생각만 해도 안개

나는 뿔테 안경을 쓰고, 암소는 새끼를 하나씩 낳을 때마다 뿔에 하나씩 테가 생긴다는데, 나는 뿔이 없고, 너를 생각하는 내 눈동자에만 뿔테가 56억 7천만 개

꽃나무

바람이 분다
또다시 흔들려야겠다

비가 온다
또다시 젖어야겠다

네가 떠난다
또다시 네가 떠난다

이번엔 눈을 감아야겠다

제3부

생일

장미나무에
장미꽃이 핀다.

다시 한 번, 너를 잊어야겠다.

그래도

장미나무에
장미꽃이 핀다.

나는 죽었다.

나의 애인은

나의 애인은
내 손바닥 안에 쏙 들어오는 돌멩이
산전수전 다 겪은 닳고 닳은 돌멩이

연못 속에 던져 버리면 연꽃을 던져 올리고
바다 속에 던져 버리면 바다를 업어 주는

나의 애인은
피도 눈물도 없이
그저 돌멩이로 굴러다닌 돌멩이
나는 왜 하필이면 돌멩이를 사랑하나

해가 저물고
해가 뜨도록
나는 그이의 얼굴을 문지르고
그이는 그이의 영혼만 문지르고

그이는 벌써
삼백삼십만 년째 늙어 가는 돌멩이
늙어

늙어
늙어 갈수록
점점 주름살은 없어지고
발걸음은 점점 가벼워지는 돌멩이

꽃도 아니고 별도 아니고
왜 하필이면
돌멩이를 소망하나 나는
개구리를 보면 개구리를 죽여 버리고
거울을 보면 거울을 깨어 버리고 싶은

드디어 아무것도 아닌 사람

0시의 도로를 달리고 있었다 나는 아무것도 아니었다 너는 사람도 아니야! 할 때의 그 사람도 아니었다

빠앙! 빵! 경적을 울리면서 달렸다 기분이 더러워진 당신이 허겁지겁 쫓아와서

이봐요, 빵집 아저씨!

내게 소리를 꽥 지른다면 나는 그 빵집 아저씨도 아니었다

내가, 웃고 있었다 안전핀을 뽑은 수류탄처럼 내가, 폭발하려 하고 있었다 내가 없고 나 혼자서 환했다

지금 나는 아무것도 아니었다

오늘은 지났고 내일은 멀었다 너는 커서 뭐가 되고 싶니? 아무도 묻지 않은 채 조용히 인생이 끝날 수도 있다

무엇이 문제인가

당신 열쇠는 당신에게 주었고 내 열쇠는 내 주머니에 있다 나와 상관없이 강물은 흐르고 신호등은 바뀌고 별은 빛나고 들개는 죽었다 당연하고 당연하고 당연했다

나는 달리고 있었다

터널이 나타났다 라이트를 켭시다 지금부터 당신은 터널을 통과하는 사람이 될 것입니다

불빛이라면, 나는 이미 두 개의 불빛, 불빛을 켜고 달리고 있었다 내 불빛은 충분히 밝고 빠르고 넘친다

절 한 채가 나타났다 촛불을 켜세요 지금부터 당신은 무릎을 꿇고 울면서 기도하는 사람이 될 것이오

미안하다, 나에겐 빌어야 할 소원이 하나도 남아 있지 않다

무엇이 문제인가 나는 아무것도 아니었다

아무것도 아닌 사람은 이 순간 당신 이모가 될 수도 있지만

이 순간 당신이 손을 번쩍 들고 이모, 여기 소주 두 병요! 나를 부른다면 당신은 운명적으로 나를 사랑할 수밖에 없는 유령이 될 것이다

0시의 도로는 리본에 묶여 있다 어떤 리본은 길고 노랗고 어떤 리본은 짧고 하얗다 도로는 내게 배달된 소포

같다

나는 리본을 따라 달리고 있었다 리본의 끝은 어디에 있을까 리본의 매듭은 왜 보이지 않는 것일까

한 개의 빗방울이 떨어지고 조금 이따가 몇 개의 빗방울이 더 떨어졌다 이 길 위에서 내가 아무 흔적 없이 사라져 버린다 해도 길은 여전히 자신의 길을 갈 것이다

똑 똑 똑. 기지개를 켜시겠습니까? 그럼 당신은 천년 동안의 무덤에서 깨어나는 사람이 되겠습니다

이런, 뭣 같은!

막걸리 사러 오복슈퍼 가는 길
검은 슬리퍼가 찰싹
찰싹 세상의 따귀를 때리며 걸어간다
직장도 찰싹
애인도 찰싹
약속도 찰싹
아무것도 없는 나에게
카펫처럼 찰싹 애도처럼 찰싹 끝없이 정중하게
이렇게 눈부신 찰싹 이렇게 고요한 찰싹
이 세상의 따귀를 찰싹
찰싹 후려치며 걸어간다

이런바퀴벌레절편같은이런똥걸레구절판같은
이런시궁쥐통조림같은

모닝헤어디자인 모퉁이 돌아갈 때 찰싹
〈무료로!!!행복을커트해드립니다〉 찰싹
바람벽에 막 내걸리고
있
었

다 찰싹
오복 중의 복 하나가 또 죽어 나가겠군 찰싹
다 그런 거지 뭐 찰싹
승리기원 멸치 대가리만 한 쪽창 속으로 찰싹
희멀건 태양이
막 빨려 들어가고
있었다

이런개뻐다귀댄스같은
이런알쭈꾸미안경같은이런똥궁둥이고약같은

오복슈퍼에 막걸리 사러 가는 길 얼씨구
검은 슬리퍼가 내 발바닥을 찰싹
찰싹 후려치며 웃는다
눈물도 찰싹
웃음도 찰싹
희망도 찰싹
하룻밤 한잔 술에 다 말아먹은
너는 누구냐? 찰싹
티눈처럼 찰싹 얼룩처럼 찰싹

발바닥에 몰래 숨겨 놓은 나의 낯바닥을 얼씨구
찰싹찰싹 후려치며 웃는다

이런썩은동태가운데토막같은이런돼지발싸개같은

이런
너 같은

어디에 묻혀 있나, 나는

검은 물이 뚝뚝 떨어지는
제4번 방을 발견했소
내 무덤 같아서 파헤쳐 보았소
나무가 있었고
나비가 있었고
죽은 쥐새끼가 있었고

나는 없었소

연꽃을 생각하면 연꽃이 사라지고
사자를 생각하면 사자가 사라지는
늪이 있었소
내 무덤 같아서 파헤쳐 보았소
늪은 늪의 무덤일 뿐
나는 없었소

나는 언제 죽었나
어디에 묻혀 있나, 나는

내 얼굴을 달고 탈춤을 추는

한 사람이 있었소
그 사람은 언제나 북장단보다
한 박자 빠르거나 한 박자 늦었소
그 사람 내 무덤 같아서 파헤쳐 보았소
촛불이 있었고
빈 지갑이 있었고
생전 처음 보는 고래가 있었고

생전 처음 보는 내 무덤들이 있었고

범어사

凡於事를 버리려고
梵魚寺로 간다

구불텅구불텅한 나를 데리고
구불텅구불텅 올라간다
오래 늙은 나무들의 오래 늙은 그늘에서는
왜 소금 맛이 날까

梵魚寺로 가는 길은
凡於事처럼 유턴도 좌회전도 할 수 없다
신호등도 없다

凡於事는
세상의 모든 일 또는 붐비는 터미널
梵魚寺는
금빛 물속에 놀던 물고기 또는 노란괴불주머니

梵魚寺로 가는 길은
거꾸로 도는 시곗바늘 방향으로 돌고 돈다
일방통행으로 돈다

시간이 거꾸로 돌면
이별도 후회도 하얗게 지워 버릴 수 있을까
범어와 금강 사이
금강초롱에서는 보라색 풍경 소리가 쏟아져 내릴까

너무 늦게 梵魚寺로 올라가면
凡於事로 내려오는 막차를 놓칠지도 모른다
절반을 놓칠지도 모른다

梵魚寺로 올라갔던 길을 되돌아
凡於事로 내려오면
나머지 절반이 영원히 남는다

우기

격렬한 논쟁도 없이 밤비는 주절주절 내리고
만장일치는 언제 이루어지나
고민할 필요도 없이
밤비는 일제히 기립 박수를 치고

너와 나는 대형 붙박이창을 사이에 두고
누가 먼저 외계인이 될 것인가
전전긍긍
서로를 염탐하고

한 잔밖에 안 마셨는데 어 엄청 취하네
공술을 얻어먹은 밤비는
공연히 휘청휘청거리고

너는 왜 우는 척만 하는 거니?
너는 왜 밤비의 집단요법에 참석하지 않는 거니?

밤비는
너와 나에게로 통하는 모든 창문을
두드리고

두드리고
두드리고
두드리고
두드리고

너와 나에게로 통하는 모든 창문은
밤비 앞에서
닫혀지고
닫혀지고
닫혀지고
닫혀지고
닫혀지고

마침내
닫혀지고

버스가 끊긴 버스 정류장처럼
목표물을 놓친 저격수처럼
너와 나는 후줄근히 젖은 발끝만 내려다보고

추락을 이해하는 건 낡고 녹슨 철제 계단뿐
밤비는 붉은 핏물을 뚝뚝 흘리며
옥상 난간에
대롱대롱
매달리고

너는 왜 밤비의 최면요법에 참여하지 않는 거니?
너는 왜 아픈 척만 하는 거니?

찔레꽃

철책을 따라 걷고 있었다 …… 다시 묻는데 내 죄가 뭐죠? 등 뒤에서 불쑥 누군가가 물었다 뒤돌아보았지만 아무도 보이지 않았다

사월의 끝이었고

대낮이었고

얼룩고양이는 보이지 않았다

밤새 훌쩍훌쩍 울던 소쩍새도 조용하였다

가끔 산비둘기 우는 소리가 들렸는데 나는 어렸을 때 저것은 구렁이가 우는 소리다 그렇게 말했었다 나보다 어린 동생은 저것은 귀신이 우는 소리다 그렇게 말하면서 이불을 덮어썼었다

대낮이었고

집에는 어른이 없었고

우는 벌레도 없었다

내 죄가 뭐죠? …… 말씀해 보세요 누군가 또 말했다

철책에는 사유지라고 쓴 나무 팻말이 걸려 있었다 출입금지라고 쓴 나무 팻말도 걸려 있었다

지금 여기, 나 말고는 아무도 없었다 철책 안에 두 기의

무덤은 없었다고 칠 것

잊지 말자— 비석 밑에 노란 리본을 매어 놓은 것처럼 노란괴불주머니가 만발한 무덤은 없었다. 그렇게 말할 것

감자밭이 있었고 감자밭 둘레에는 옥수수 들깨 고추 호박 그리고 찔레 덤불이 있었다 어떤 찔레꽃은 피고 있었고 어떤 찔레꽃은 지고 있었다

다시 묻겠는데,
내 죄가 뭐죠?
내 죄가 뭐예요?
내 죄가 뭐냐구요?

누구일까 나를 따라 걷고 있는 이 목소리는
방금 내 왼발과 함께 웅덩이에 빠진 이 목소리는
웅덩이에는 어제 내린 비가 고여 있었고 작년에 떨어진 낙엽이 가라앉아 있었고 오늘 떨어진 꽃잎이 몇 개 떠 있었다

음력 사월이었고

음력 사월에는 내 생일이 있었고 하늘에는 구름 한 점 없었다 나는 철책을 따라 걷고 걷고 걷고 있었다 찔레수염진딧물은 찔레 순을 따라 걷고 걷고 걷고 있었다

먹물을 들였더니

비그친다음날오후두시반의마알간하늘색
윗도리에 먹물을 들였더니
석달열흘참고참았던울음보터지기직전의하늘색
윗도리가 나왔다

그저아무바닷가에서나늙어가는바위색이
나왔으면 괜찮았을 텐데

발인날아침막파헤친시체구덩이의황토색
바지에 먹물을 들였더니
비석도상석도없는반넘어허물어진무덤가의쑥대밭색
바지가 나왔다

아무런흔적없이그믐밤을건너가는바람색이라면
절반의 성공일 텐데

끝내떨어지지못하고간당간당매달려있는메마른가랑잎색
원피스에 먹물을 들였더니
강원도심심산골적멸보궁의낡은기왓장색

원피스가 나왔다

내가 정말 입고 싶은 건
읽어도읽어도알수없는어떤사람의눈동자색일 뿐인데

할머니 찾아가기

첫째 할머니는 내일 같은 내일이 오거나 말거나
거기서 거기인 골목입니다
거울 모자를 눌러쓴 신사가 모자도 벗지 않은 채
안녕하십니까? 인사를 하며 지나갑니다
눈이 없습니다

둘째 할머니는 사랑하는 사람도 증오하는 사람도
거기서 거기인 마을입니다
빨간 풍선을 든 계집아이들이 목청껏 노래를 부르며
탱자 가시를 땁니다
금성과 수성으로 수출합니다

셋째 할머니는 벚꽃이나 장다리꽃이나 눈물 나기는
거기서 거기인 벼랑입니다
뿔은 없고
등과 꼬리에 지느러미가 달린 수사슴이
벼랑 끝에 누워 낮잠을 잡니다 개미도 같이 잡니다

잠이 나에게 옵니다 조총을 든 군인처럼 옵니다
불행하게도 나는 차렷 경례 바로가 아닙니다

넷째 할머니는 너는 너대로 나는 나대로 우습기는
거기서 거기인 해변입니다
역시 빵입니다 빵 냄새를 따라가면 빵 가게가 나옵니다
너무 길어서 끝이 보이지 않는 바게트가 나옵니다

다섯째 할머니를 찾습니다 내일 아침에 눈을 떴을 때
정말로 내일 아침이 되어 있으면
나는 비로소 다섯째 할머니입니다 아닙니다

나는 영원히 다섯째 할머니가 아닙니다

가을이 오면

보석처럼 고독한 나는
촛불처럼 고독한 너를 만날 것이다
내 팔자대로

고독한 너와 나는 일 년에 사흘은 사랑하고
삼백 일은 싸우고
두어 달은 무심할 것이다
그럴 것이다

우리의 계절이
여름에서 봄으로 바다에서 강으로 역행하는 동안
딸들은 태어나 무럭무럭 자라나고
너는 꺼질 듯 꺼질 듯 꺼지지 않고

한때는 촛농을 뒤집어쓴 보석처럼 캄캄하겠으나
나의 영혼은
구름이었다가
빗방울이었다가
나무였다가

가을이 오면
아흔아홉 개의 귀를 가진 돌할매가 될 것이다
내 팔자에도 없는 삼만 삼천 개의 촛불을 거느리고

끝끝내
망쳐 버릴 것이다

감, 감, 감 타령

가을은 가고
감자 깎던 사람도 가고
식탁에는 멍들고 상처 난 땡감만 한 바구니

오늘도
영감도 없이 홀로 늙어 가는 어머니는 독감에 걸려 있고
눈을 감고도 읽을 수 있는 오늘의 일기는 쓰지 않고

감이나 깎아야지 감이나

떫다는 형용사와
깎는다는 행위에 과도하게 집중하는 과도와
다정다감하게 감을 감싸 굴리는 왼손의 민감한 손가락들과

나 하나의 자괴감
나 하나의 패배감
나 하나의 상실감
나 하나의 단절감
나 하나의 모멸감

명예와 멍에는 무엇이 다른가
절망의 둘레에는 왜 철망이 없는가
보석 감별사와 병아리 감별사가 싸우면 누가 먼저 울게 되는가

파랗게 질린
감의 피부 아래 칼날을 밀어 넣고
감감한 당신
감감한 당신

도무지 감동적이지 않은 책에 대하여 독서 감상문을 쓰는 것처럼
감각실어증에 걸린 사람에게
도저히 알 수 없는 길을 묻는 것처럼

맹독

거울이 있고 거울에는 얼룩이 있고

어느 날 갑자기 거울에 있는 얼룩을 닦지 않으면 안 되는 날이 오기도 한다 하룻밤에도 아흔아홉 개의 거울을 닦는 날 그런 날

거울에 얼룩을 남긴 물방울과 작은 벌레와 솜털 같은 것들을 이마에 매달고 빗물을 쓸어내리는 와이퍼처럼

거울 위에서 좌우로 왕복하는 두 팔을 가지게 되는 날이 오기도 한다 하룻밤에도 아흔아홉 번씩 거울 앞에 서 있지만

하룻밤에도 아흔아홉 개의 거울 속에 내 얼굴이 있지만 그 거울 속에 있는 내 얼굴을 한 번도 본 적이 없다

눈 덮인 은색 들판에서 은회색 쥐를 쫓는 매의 눈과 같이 거울에 있는 얼룩을 닦는 나의 눈에는 거울에 있는 얼룩만 보인다

화장실에서나 화장대 앞에서나 얼룩은 항상 거울 밖에 있는 내 얼굴과 거울 안에 있는 내 얼굴의 딱 중간에 있다

제4부

임종 전야

아버지는 몇 시간째 식탁을 움켜쥔 채 두 눈을 부릅뜨고
앉아 있었다 나는 아버지의 손가락을 하나하나 벌리며
식탁에서 떼어 내려고 안간힘을 썼다

힘드신데 이제 좀 편하게 누우세요
아버지

좀

있　　　　어

봐

좀

영(霙) 우(雨) 설(雪)

꽃부리에 대한 믿음,
이것이 아버지가 지어 준 내 이름이다

나는 왜 여태까지 꽃부리를 꽃봉오리와 혼동했을까
꽃봉오리로 끝날 운명이라고 내 인생을 단정 지었을까

산벚나무 꽃잎 꽃잎 꽃잎들이 희희낙락
때마침 떨어지는 빗방울과 함께 천지사방 흩날리는 것을 바라보다가

문득 의심하였다 나의 이름을

나의 입술로 오래전에 죽은 아버지가 말했다
너는 꽃부리다 나는 이 사실을 믿는다
나의 가슴으로 살아 돌아온 아버지가 말했다
너는 꽃부리다 너도 이 사실을 믿어야 한다

꽃부리란 무엇인가
꽃부리란 무엇인가
꽃부리란 무엇인가

내 생일이 있는 봄철마다 꽃들은 죽어라 피고
마당엔 살구꽃 감꽃 오이꽃 강낭콩꽃
진등밭엔 돌복숭
말랑밭엔 고무딸기

봄날 저녁 들판에서 돌아오는
젊은 아버지의 얼굴은 얼마나 붉었던가
아버지의 지게에서 흔들리고 있던 꽃은 몇 송이였던가

꽃받침에서 떨어져 나온
산철쭉 꽃부리가 아라리아라리오
꽃술에 붙잡혀 오도 가도 못 하는 것을 바라보다가

더 이상 의심할 수 없었다 나의 이름을

이런 밤이 좋다

비는 내리고 엉치뼈에 금이 간 골다공증 엄마는 병원에 누워 있고 비는 내리고 내리고 나는 엄마에게 잘못한 게 너무 많아서 엄마 미안해 말도 못 하고 비는 내려서 어디로 가나 엄마가 앞마당에 심어 놓은 상추들 고추들 들깨들에게로 가나 나는 아마도 엄마가 죽어도 울지 못할 거야 잘못한 게 너무 많아서 오늘은 7월 2일 올여름 첫 장맛비 엄마는 나한테 왜 그래 왜 그러는데 소리소리 지르던 우리 집 큰애는 집에 없고 그래요 나는 엄마처럼 내 새끼를 품어 주지 못해요 그래서 애한테 마음 놓고 야단도 못쳐요 그래도 비는 내리고 내리고 아랫사람이 잘못한다고 똑같이 잘못하면 어른이 아니지 엄마는 늘 그랬고 늘어른 엄마는 병원에 누워 있고 비는 하루만 내리고 다시 멀리 간다는데 올케언니는 엄마한테 좋다고 한 솥 가득 닭발을 고는데 여동생은 철철이 쇠다리 쇠꼬리를 사다 부치는데 나는 ……하는데 ……하는데 그래도 비는 내리고 한줄기 비는 엄마 팔뚝을 뚫고 방울방울 내리고 나는 나머지 비처럼 너무 익은 자두와 함께 반쯤 썩은 살구와 함께 아무 풀밭에나 후두둑 떨어져 내리고

우리 동네 뻐꾸기가 우는 법

바꿔! 바꿔! 바꿔! 바꿔! 바꿔!

아가야,
산다는 말은
바꾼다는 말과 같은 말이란다

바꿔!
바꿔!
바꿔!
시간을 바꾸고

바꿔!
바꿔!
바꿔!
열쇠를 바꾸고

바꿔!
바꿔!
바꿔!
신발을 바꾸고

바꿔!

바꿔!

바꿔!

바꿔!

마지막으로

몸을 바꾸는 것이 삶이란다

삶은

거기서부터 시작되는 것이란다

바꿔!

바꿔!

바꿔!

바꿔! 바꿔! 바꿔! 바꿔! 바꿔!

내가 개개비 어미와 어미 노릇을 바꾸었듯이

너는 개개비 새끼와

새끼 노릇을

바꿔!

바꿔!

바꿔!

십자드라이버

오늘은 냉이만 캤어요 좋아요 쑥도 안 캐고 미나리도 안 캐고 냉이만 캤어요 좋아요 냉이에서는 냉이 냄새가 나요 좋아요 쑥에서 쑥 냄새가 나는 것처럼 냉이에서는 냉이 냄새가 나요 좋아요 미나리에서 미나리 냄새가 나는 것처럼 냉이에서는 냉이 냄새가 나요 좋아요 냉이는 냉이를 믿는 거 같아요 좋아요 쑥이 쑥을 믿는 것처럼 냉이는 냉이를 믿는 거 같아요 좋아요 미나리가 미나리를 믿는 것처럼 냉이는 냉이를 믿는 거 같아요 좋아요 내가 나를 믿는 것처럼 냉이는 냉이를 믿는 거 같아요 좋아요 냉이에는 냉이꽃이 피어 있어요 좋아요 나는 내가 볼 수 있는 것만 보고 있어요 좋아요 쑥에 쑥꽃이 피어 있는 것처럼 냉이에는 냉이꽃이 피어 있어요 좋아요 나는 내가 말할 수 있는 것만 말하고 있어요 좋아요 미나리에 미나리꽃이 피어 있는 것처럼 냉이에는 냉이꽃이 피어 있어요 좋아요 나는 내가 알지 못하는 것을 알고 있을 때도 있어요 좋아요 당신 얼굴에 당신이 피어 있는 것처럼 냉이에는 냉이꽃이 피어 있어요 좋아요 오늘은 냉이만 캤어요 좋아요 쑥도 안 캐고 미나리도 안 캐고 냉이만 캤어요 좋아요 우리 집에서 가장 크고 긴 십자드라이버로 캤어요 좋아요 빨간 손잡이가 빨간 피를 흘리는 십자드라이버로 캤어요 좋아요 꽃이 핀 냉이는 안 캐고 꽃이 안 핀 냉이만 캤어요 좋아요 울타리 안에 있는 냉이는 안 캐고 울타리 밖에 있는 냉이만 캤어요 좋아요

고슴도치선인장

울고 싶을 땐
그냥 울어라 내 딸아

울음을 너무 오래 참으면
네 몸뚱이가 눈물단지로 변한단다
네 영혼이 가시방석으로 변한단다

내 딸아
울고 싶을 땐 그냥 울어라

너무 오래
울음을 참으면

사막과 결혼하게 된단다

제5부

y거나 Y

나무란 나무는 모두
y거나 Y
일평생 새총을 만든다

떡잎부터 고목까지
나무는 나무로부터 새를 날려 버리기 위해
y거나 Y
새총 전문 제조자가 되었다

새는
나무의 도플갱어
이것은 나만 아는 사실

새는 나무의 육체로부터 유체 이탈한
나무의 영혼
이것은 나무만 알고 새는 모르는 사실

나무는 영혼이 육체로 돌아오는 것을
원치 않는다
유배자처럼 머무는 것을

원치 않는다

고정식 탁자 같은 나무에게
새는
일종의 접이식 의자 같은 것이다

나무 이전에 새가 있었다—는 말을
나는
한 번도 듣지 못했다

단언컨대
새는 나무 이후에 있었다

나무에게 새는
뿌리를 탈출한 나무

새에게 나무는
뿌리를 박은 새

y거나 Y

공중에 떠 있는
새의 은자부호를 보라

y거나 Y
공중에 떠다니는
나무의 부표를 보라

새는 뿌리를 내리기 위해
나무에 둥지를 틀고
나무는 더 멀리 날아가기 위해 새를 날린다

새는 나무로 돌아오는 힘으로 일생을 살고
나무는 새를 날려 버리는 힘으로
일생을 버틴다

새가 영원히 나무로 돌아오지 않을 때
나무는
비로소 완전한 나무가 된다

우리는 행진했다

우리는 행진했다
네가 울면 비가 내리고 비가 내리면 내가 울었다

청개구리 너와 비와 나
우리는 일렬로
어미 오리와 새끼 오리의 행렬처럼 일렬로

네가 울면 비가 내리고 비가 내리면 내가 울었다

우리의 질서는 우주의 질서
우리의 눈물은 우리만의 눈물

우리는
질서를 지키자 평화를 지키자

네가 울면 비가 내리고 비가 내리면 내가 울었다

파도처럼
덩굴장미처럼

우리는 꼬리에 꼬리를 물고
네가 울면 비가 내리고 비가 내리면 내가 울었다

믿어도 되나요 당신의 눈물을?
묻지 마
나는 악어가 아니니까!

우리는
악어처럼 입을 다물고

네가 울면 비가 내리고 비가 내리면 내가 울었다

백 년 동안 무사히
백 년 동안 나란히

이젠

쌓인 눈 위에 또 쌓인 눈처럼 희고 하얗고
내가 아닙니다 나는 정말 아니에요
결백을 주장하는 사람의 죄처럼 희고 하얗고

가시란 무엇인가 가시란 무엇인가 가시란 무엇인가
밤낮을 생각해도
풀지 못한 문제처럼 희고 하얗고
방금 코를 푼 휴지처럼 희고 하얗고

탱자여! 이젠 탱자를 던져 버리자

나는 왜 이렇게 많은 가시를 가졌는가
나는 왜 흰 종이색의 꽃만 고집하는가
곱씹고
곱씹고
곱씹는 사이
봄은 가고 밤은 나날이 길어지고

탱자가 하지 않은 일을 탱자에게 묻지 말자
어제 썼던 문장도 지워 버리자

울타리에겐 울타리를 넘을 수 없는 운명이 있듯이
가시에게는 가시로만 말할 수 있는 운명이
분명 있을 것이다
거기까지만

이젠
탱자에게 탱자를 돌려주자

넝쿨들

네 잘못이 아니야! 시퍼런 탱자의 발목을 문지르며 나는 숙모처럼 말했다 네 잘못이 아니야! 시퍼런 탱자의 손목을 잡아 주며 나는 변호사처럼 말했다 네 잘못이 아니야! 시퍼런 탱자의 눈동자를 빤히 들여다보며 나는 과학자처럼 말했다

저기요, 아니야가 지금 거기 집에 없나요?
그런데 저기요, 아니야가 누구예요?

탱자는 시퍼런 탱자를 야구공처럼 내던지며 키들키들 웃었다 탱자는 박새를 시퍼런 탱자처럼 울타리 밖으로 내던지며 피식피식 웃었다 탱자처럼 나도 탱자를 떠나고 싶어졌다 나도 탱자의 울타리 밖으로 박새처럼 날아가고 싶어졌다

네 잘못이 아니야! 네 잘못이 아니야! 네 잘못이 아니야!

시퍼런 내 손이 시퍼런 내 손을 감싸 쥐고 엄마처럼 다정하게 말했다 네 잘못이 아니야! 나보다 더 시퍼런 하늘이

시퍼런 내 마음을 어루만지며 전문가처럼 단정했다

나는 다시 손을 만들었다 탱자를 위하여 밤에도 낮에도 쉬지 않고 새로운 손을 만들었다

네 잘못이 아니야! 시퍼런 탱자의 어깨를 쥐어흔들며 나는 영험한 주술사의 주문처럼 중얼거렸다 네 잘못이 아니야! 시퍼런 탱자의 입을 틀어막으며 나는 노련한 정치가의 공약처럼 소리 질렀다 네 잘못이 아니야! 시퍼런 탱자의 머리를 움켜잡으며 나는 정직한 노동자의 망치처럼 헐떡거렸다 네 잘못이 아니야! 네 잘못이 아니야! 네 잘못이 아니야!

탱자의 얼굴이 노랗게 변했다

나는 잘못, 잘못을 훔치지 않았어요 도대체 잘못이 어떻게 생긴 물건입니까?

또오옹또오오옹

적조암 해우소에 가면
그것이 하나도 없다 그것의 냄새도 없다

그곳에서
그것을 본 사람이
그곳에서
그것을 치워야 한다고
구석에 있는 삽과 등겨
해우소 밖 검은 언덕을 가리키며 말해 주었다

그 언덕은 멀리 있다 너무 멀리

자네똥은몇근인고?자네똥은몇근인고?자네똥은
자네똥은몇근인고?
늙은 딱따구리의 목탁 소리가
한 걸음에 한마디씩
딱
딱
딱

독한똥은네똥

안독한똥은내똥독한똥은네똥안독한똥은내똥

중얼중얼 염불하는 애기똥풀이

한 무더기

두 무더기

에구 무서워라 세 무더기

청동물고기는 추녀 끝에나 있지

뭐할라고

졸래졸래

따라오나

또오옹또오오옹또오오옹

내똥줄게네똥덮어라내똥줄게네똥덮어라내똥줄게

뭐라카노

똥구멍도 없는 것이

나쁜 병

뚜껑을 따면
푸른 지폐 다발이 폭포처럼 쏴쏴쏴
쏟아지는 병이 있다고 치자

그 병은
1초에 1㎝씩 주둥이가 넓어지고
1초에 1m씩 바닥이 아득해진다고 치자

일단 뚜껑을 따기만 하면
씨은어가 은어를 물어 오듯 그 병이 다른 병을
릴레이로 물어 온다고 치자
병마다
푸른 지폐가 폭포처럼 폭폭폭
덤으로 거품처럼 백지수표가 품품품

먼 사돈의 팔촌까지 헛헛헛 찾아오게 만들고
울다가도 웃음이 헛헛헛 터져 나오게 만드는 병
그런 병이 나에게 있다고 치자
나 하나만 있고
세상 그 어디에도 없는 병

뚜껑이 열리면
드라마 같은 생이 드드드드드
가난하고 눈치 빠른 드라마 작가들이 다다다다다
그 병을 진짜보다 더 진짜처럼 만들어서
주말마다
집집마다 방문판매를 다니기도 한다고 치자

너,
그런 병
가져 보고 싶니?

뚜껑이 열리기만 하면
폭포처럼 푸른 지폐 다발이 쏴쏴쏴
거품처럼 하얀 수표 다발이 품품품

절을 하면서 튤립의 모양을 흉내 내었다

경운사 입구에 튤립 정원이 있었다

튤립은 기도하는 손처럼 살며시 오므라져 있었다 땅에 떨어진 몇몇 꽃잎에는 밤새 내린 빗물처럼 털실 창고와 장례식과 게으름이 들어 있었다
트럼펫을 부는 소년도 들어 있었다

나는 바닥에 납죽 엎드려
두 손을 튤립 꽃잎처럼
두 귀 위로 살포시 오므려 올렸다

거품벌레

ㅇㅇㅇㅇㅇㅇㅇㅇㅇㅇㅇㅇㅇㅇㅇㅇㅇㅇㅇㅇㅇㅇㅇㅇㅇㅇㅇㅇ

ㅇㅇㅇㅇㅇㅇㅇㅇㅇㅇㅇㅇ거품으로ㅇㅇㅇㅇㅇㅇㅇㅇㅇㅇㅇㅇ

ㅇㅇㅇㅇㅇㅇㅇㅇㅇㅇㅇ집을ㅇㅇ만들고ㅇㅇㅇㅇㅇㅇㅇㅇㅇㅇ

ㅇㅇㅇㅇㅇㅇㅇㅇ거품으로ㅇ직장을ㅇ만들고ㅇㅇㅇㅇㅇㅇㅇㅇ

ㅇㅇㅇㅇㅇㅇㅇㅇㅇㅇㅇㅇㅇㅇㅇㅇㅇㅇㅇㅇㅇㅇㅇㅇㅇㅇㅇㅇ

ㅇㅇㅇㅇㅇㅇㅇㅇ거품으로ㅇ너를ㅇ만나고ㅇㅇㅇㅇㅇㅇㅇㅇㅇ

ㅇㅇㅇㅇㅇㅇㅇㅇㅇㅇㅇㅇ거품으로ㅇㅇㅇㅇㅇㅇㅇㅇㅇㅇㅇㅇ

ㅇㅇㅇㅇㅇㅇㅇㅇ거품으로ㅇ너를ㅇ사랑하고ㅇㅇㅇㅇㅇㅇㅇㅇ

ㅇㅇㅇㅇㅇㅇㅇ거품으로ㅇㅇ너를ㅇㅇ거절하고ㅇㅇㅇㅇㅇㅇㅇ

ㅇㅇㅇㅇㅇㅇ거품으로ㅇㅇㅇ너를ㅇㅇㅇ간섭하고ㅇㅇㅇㅇㅇㅇ

ㅇㅇㅇㅇㅇㅇㅇㅇㅇㅇㅇㅇㅇㅇㅇㅇㅇㅇㅇㅇㅇㅇㅇㅇㅇㅇㅇㅇ

ㅇㅇㅇㅇㅇㅇㅇㅇㅇ거품ㅇㅇㅇㅇㅇㅇ속에서ㅇㅇㅇㅇㅇㅇㅇㅇ

ㅇㅇㅇㅇㅇㅇㅇㅇㅇㅇㅇ밥을ㅇㅇ먹고ㅇㅇㅇㅇㅇㅇㅇㅇㅇㅇㅇ

ㅇㅇㅇㅇㅇㅇㅇㅇㅇㅇㅇ똥을ㅇㅇ싸고ㅇㅇㅇㅇㅇㅇㅇㅇㅇㅇㅇ

ㅇㅇㅇㅇㅇㅇㅇㅇㅇㅇㅇ꿈을ㅇㅇ꾸고ㅇㅇㅇㅇㅇㅇㅇㅇㅇㅇㅇ

ㅇㅇㅇㅇㅇㅇㅇㅇㅇ거품ㅇㅇㅇㅇㅇㅇ속에서ㅇㅇㅇㅇㅇㅇㅇㅇ

ㅇㅇㅇㅇㅇㅇㅇㅇㅇㅇㅇㅇㅇ혼자ㅇㅇㅇㅇㅇㅇㅇㅇㅇㅇㅇㅇㅇ

ㅇㅇㅇㅇㅇㅇㅇㅇㅇㅇㅇㅇㅇ울고ㅇㅇㅇㅇㅇㅇㅇㅇㅇㅇㅇㅇㅇ

ㅇㅇㅇㅇㅇㅇㅇㅇㅇㅇㅇㅇㅇㅇㅇㅇㅇㅇㅇㅇㅇㅇㅇㅇㅇㅇㅇㅇ

ㅇㅇㅇㅇㅇㅇㅇㅇㅇㅇㅇ거품이 없으면ㅇㅇㅇㅇㅇㅇㅇㅇㅇㅇㅇ

ㅇㅇㅇㅇㅇㅇㅇㅇㅇ나도 없을 것만 같고ㅇㅇㅇㅇㅇㅇㅇㅇㅇㅇ

ㅇㅇㅇㅇㅇㅇㅇㅇㅇㅇㅇㅇㅇㅇㅇㅇㅇㅇㅇㅇㅇㅇㅇㅇㅇㅇㅇㅇ

ㅇㅇㅇㅇㅇㅇㅇㅇㅇㅇㅇ거품이 없으면ㅇㅇㅇㅇㅇㅇㅇㅇㅇㅇㅇ

ㅇㅇㅇㅇㅇㅇㅇㅇㅇ인생도 없을 것만 같고ㅇㅇㅇㅇㅇㅇㅇㅇㅇ

ㅇㅇㅇㅇㅇㅇㅇㅇㅇㅇㅇㅇㅇㅇㅇㅇㅇㅇㅇㅇㅇㅇㅇㅇㅇㅇㅇㅇ

완주

또 한발 늦었습니다

자기 장례식에도 늦을 놈, 오늘 드디어 그놈이 되고 말았습니다

엔틱플라워 사장님이 먼저 도착했습니다
무릎이 툭 튀어나온 골덴 바지를 입은 사장님이 삼가고인의명복을빕니다 삼단 근조 화환을 들고 나보다 먼저 도착했습니다

나는 마지막 코너를 달리고 있었습니다

말과 함께, 아니 달리는 말 위에서 말보다 빨리 달리고 있었습니다
달려라 달려 달려 무릎이 꺾인 말과 함께, 터져 버린 심장을 안고 번개처럼 달리고 있었습니다

조금만 더 조금만 더 조금만 더

오오오, 앉아 있던 사람들이 일제히 나를 향해 일어섰

습니다 누군가는 내 사진을 찍고

누군가는 나를 위해 꽃을 주문하고 누군가는 나 때문에 약속을 취소하고

나는 손가락으로 V를 그리며 찡긋 웃어 주었습니다

곧 첫눈이 쏟아질 것 같았습니다 미안한 일이지만 모두가 기대하는 첫눈이여, 그대가 나보다 한발 더 늦었습니다

그림자들

안녕하시오, 선생?
우리는 때때로 인사를 하지

쇠말뚝에 묶인 개에게
개가 엎어 버린 밥그릇에게
개밥그릇 옆에 피어난 노란 민들레에게
안녕하시오, 선생?

우리는 빨대를 통과하는 콜라처럼 인사를 하지
그의 내부를 향하여
일방적으로
검고
빠르고
톡 쏘는 인사를

화장실 거울에 비친 낯선 얼굴에게
내 얼굴보다 더 명백하고 창백한 초저녁달에게
달빛보다 긴 손가락을 가진 그날의 추억에게
안녕하시오, 선생?

우리는 죽은 오리를 갈대숲에 던져 버리듯
인사를 하지
죽은 오리는 산 오리보다 더 꽥꽥거리고
죽은 오리는 산 오리보다 오래
우리 심장을 쿵쾅쿵쾅 뛰어다니고

오늘 날씨 참 좋지요, 선생?
그렇고 그런 구름 같은 인사를 할 때도 있지만
태양은 구름 위에 있고
비둘기는 구름 아래에 있는 것처럼
우리는 인사를 하지 변함없이

붉은 밑줄부터 그어 놓은 빈 일기장에게
빈 일기장을 집중 조명하는 스탠드에게
스탠드를 스탠드답게 관리하는 책상에게
안녕하시오, 선생?

옆 사람의 손이라고 무심결 믿고 잡았던 것이
실은 내 손이었던 것도 모르면서
그렇게 조금씩

유령이 되어 가는 것도 모르면서
우리는 인사를 하지 최선을 다해

안녕하시오, 선생?

매일매일 홈쇼핑

웃고 있는 얼굴에 칼을 박았다 웃고 있는 얼굴이 난생처음으로 입술을 벌렸다 아, 웃고 있는 얼굴이 난생처음으로 입술을 벌리고 웃었다 입술에 칼을 물고 웃었다 한 번 열린 입술은 칼을 빼도 닫히지 않았다 빙글빙글 웃는 입술을 따라 칼도 빙글빙글 돌았다 빙글빙글 도는 칼을 따라 웃는 얼굴이 빙글빙글 흘러내렸다 선물 포장용 리본처럼 빙글빙글 흘러내렸다

아,
당신이
한 개밖에
남지 않았는데

어쩌면 좋아
하루는 72시간 내 손은 200개

당신은
아직도
배송 중 배송 중 배송 중 배송 중 배송 중

내 방에 매달린 벽시계가
1초마다 말씀하시길

넌-나. 난-너. 넌-나. 난-너. 넌-나. 난-너. 넌-나.
난-너. 넌-나. 난-너. 넌-나. 난-너. 넌-나. 난-너.
넌-나. 난-너. 넌-나. 난-너. 넌-나. 난-너. 넌-나.
난-너. 넌-나. 난-너. 넌-나. 난-너. 넌-나. 난-너.
넌-나. 난-너. 넌-나. 난-너. 넌-나. 난-너. 넌-나.
난-너. 넌-나. 난-너. 넌-나. 난-너. 넌-나. 난-너.
넌-나. 난-너. 넌-나. 난-너. 넌-나. 난-너. 넌-나.
난-너. 넌-나. 난-너. 넌-나. 난-너. 넌-나. 난-너.
넌-나. 난-너. 넌-나. 난-너. 넌-나. 난-너. 넌-나.
난-너. 넌-나. 난-너. 넌-나. 난-너. 넌-나. 난-너.
넌-나. 난-너. 넌-나. 난-너. 넌-나. 난-너. 넌-나.
난-너. 넌-나. 난-너. 넌-나. 난-너. 넌-나. 난-너.
넌-나. 난-너. 넌-나. 난-너. 넌-나. 난-너. 넌-나.
난-너. 넌-나. 난-너. 넌-나. 난-너. 넌-나. 난-너.
넌-나. 난-너. 넌-나. 난-너. 넌-나. 난-너. 넌-나.
난-너. 넌-나. 난-너. 넌-나. 난-너. 넌-나. 난-너.
넌-나. 난-너. 넌-나. 난-너. 넌-나. 난-너. 넌-나.
난-너. 넌-나. 난-너. 넌-나. 난-너. 넌-나. 난-너.

우리 집에 살던 귀뚜라미 한 마리가
죽을 때까지 하신 말씀이

난나난나 넌너넌너 난나난나 넌너넌너 난나난나
넌너넌너 난나난나 넌너넌너 난나난나 넌너넌너
난나난나 넌너넌너 난나난나 넌너넌너 난나난나
넌너넌너 난나난나 넌너넌너 난나난나 넌너넌너
난나난나 넌너넌너 난나난나 넌너넌너 난나난나
넌너넌너 난나난나 넌너넌너 난나난나 넌너넌너
난나난나 넌너넌너 난나난나 넌너넌너 난나난나
넌너넌너 난나난나 넌너넌너 난나난나 넌너넌너
난나난나 넌너넌너 난나난나 넌너넌너 난나난나
넌너넌너 난나난나 넌너넌너 난나난나 넌너넌너
난나난나 넌너넌너 난나난나 넌너넌너 난나난나
넌너넌너 난나난나 넌너넌너 난나난나 넌너넌너
난나난나 넌너넌너 난나난나 넌너넌너 난나난나
넌너넌너 난나난나 넌너넌너 난나난나 넌너넌너
난나난나 넌너넌너 난나난나 넌너넌너 난나난나
넌너넌너 난나난나 넌너넌너 난나난나 넌너넌너
난나난나 넌너넌너 난나난나 넌너넌너 난나난나
넌너넌너 난나난나 넌너넌너 난나난나 넌너넌너

새로 세 시, 24시 돼지국밥 집에서

멀리서 보았을 때
그 여자가 철학인 줄 알았다

빨간 스카프 아래 달랑 묶은 머리가 참새 꽁지처럼 까닥까닥거리는 뒤통수하며
바지 밑에 팬티 대신 G컵 브래지어를 입고 있는 건 아닌가 의심스러울 정도로 불룩 튀어나온 엉덩이하며
특히나 그 목소리
빈 소주병에 돌멩이를 넣고 마구 흔들었을 때나 나올 수 있는 그 목소리

철학이 언제 여기 왔지?
천국에서 김밥 마는 걸 그만두었나?

내가 아는 철학은 아이가 셋 남편은 무능한 술주정뱅이 시모는 돈타령만 하는 노파
낮에는 식당에서 일하고 (또한 하루 세끼를 해결하고)
밤에는 모텔에서 일하고 (또한 매일 밤잠을 해결하고)

그 여자는 처음 만나는 누구에게나 그랬었다

언니, 내가 철학을 하잖아 그런데, 철학관이 지금 수리 중이야. 놀면 뭐해, 팔자는 못 고치는 걸!

투헤븐(하늘 끝까지? 하늘에 맹세코?)에서는 이틀 만에 쫓겨났다더니
이젠 24시간을
24시 국밥 집에서 해결하기로 했나?

그러나 물통과 물컵과 물수건을 들고 나를 향해 곧장 걸어오는 여자는
철학의 얼굴이 아니었다
어머나, 여기 있었어? 하마터면 내가 아는 척할 뻔한 철학이 아니었다

내가 아는 철학은
순대국밥 허여멀건 국물을 휘휘 저으면 문득 떠올랐다
이내 사라지는 검붉은 순대 같은 눈동자를 가지고 있었다
이 접시에서 저 접시로 이 식탁에서 저 식탁으로 하루 종일 옮겨 다닌 양파처럼 테두리가 불분명한 입술을 가지고 있었다

루어와 고백과 나

아시다시피 나는 가짜입니다. (이것이 나의 첫 번째 문장이다 반짝인다) 3초 전, 카페 디아떼에서 당신의 입속에 쑤욱 들어갔다 나온 티스푼 같기도 하고. 2초 전, 비비추 그늘에서 당신의 손바닥에 뚜욱 꼬리만 떼어 주고 도망간 도마뱀 같기도 하고. 1초 전, 아무르 강가에서 당신의 눈동자에 파문만 남기고 사라진 물고기 같기도 하고. (이것은 나의 거부할 수 없는 물증이다 두 번째 문장으로 쓸 수 없다) 나의 성격은 플라스틱일 수도 있고 나무일 수도 있습니다. 그저께 밤보다 메기수염만큼 더 길어진 어젯밤, 달빛에 감전사한 비둘기의 깃털일 수도 있습니다. 오늘 밤은 없습니다. 방금 당신을 삼켜 버린 물결의 얼룩과 물결의 주름살과 물결의 출입문이 나의 성격일 수도 있습니다. (그러므로 이것은 본론이 될 수 없다 아무도 없다) 나는 지금 진심으로, 콩 심은 데 콩 나고 팥 심은 데 팥 나듯이 진실만을 말하고 있습니다. 아시다시피 나는 미끼입니다. (다시, 이것이 나의 첫 문장이다 파닥거린다) 당신에게 미끼란 무엇입니까? 생각은 썰물처럼 하시고 대답은 밀물처럼 하시길 바랍니다. 생각은 바닥이 드러날 때까지 하시고 대답은 바닥이 드러나지 않게 하시길 바랍니다. 미끼에게 당신은 한 사람의 낚시꾼입니까, 한 마리의 농어입니까?

뱀

다행이다
네가 말을 할 줄 모르는 동물이어서
나는 너와 함께
이 밤을 지새울 수 있다

정말 다행이다
내가 물안개의 손가락을 가지고 있어서
나는 밤새도록
너의 등을 쓰다듬어 줄 수 있다

그런데 우린 뭘 했었지?
깜깜한 찔레 덤불 속에서

잃어버린 '단어'를 찾아서

장철환(문학평론가)

1. '생'과 '신'의 사이

신은 시보다 뒤에 있고 생은 시보다 앞에 있다
한글이 그렇다

나는 한글을 쓰는 사람이다

—「시인의 말」 전문

이 글이 「시인의 말」로부터 시작하는 것은 그 말이 시집의 축도이기 때문에 그렇기도 하지만, 무엇보다도 마지막 문장에 담겨 있는 결연함 때문이다. "나는 한글을 쓰는 사람이다"에 담긴 시적 주체의 결기를 보라. 이 간명한 언명은 얼마나 강렬한가. 그 무엇을 부정해도 용서하겠지만, 한글을 쓰지 못한다면 그 무엇도 용서하지 않겠다는 필사의 의지가 담겨 있다. 이건 과장이 아니다. 그렇다. 그의 시는 "한글을 쓰는 사람"이라는 자기규정에서 비롯한다. 이를 이번 시집의 알파요 오메가라고 칭한다면 그건 나의 착각이 아니라 시인의 어쩔 수 없는 누설이다.

그의 선언은 시가 '생'의 뒤와 '신'의 앞에 존재한다는 인식에서 태동했다. 시는 '생'의 다음이고 '신'의 이전에 있다는 생각, 이는 시적 인식의 요체이자 그의 시작의 추동력을 가늠케 하는 두 힘점이다. '생'과 '신'은 그의 시를 견인하는 두 기둥이라 해도 좋다. 그러니 그의 시에서 '생'과 '신'의 길항이 펼치는 긴장과 역동을 발견하는 것은 어렵지 않다. 특히 양자가 제 고유의 역능을 펼쳐 보일 때, 그의 시는 유독 팽팽하다. 두 힘점의 무수한 진동이 시의 장력을 이루기 때문인데, 비록 그것이 밖의 고요로 현상할지라도, 그 안에는 시적 긴장으로 요동치고 있는 것이다. 그 긴장의 장력에 조심스럽게 손대 보는 일, 이것이 지금 우리가 할 수 있는 최대치이다.

「시인의 말」을 시가 '생'의 후일담이거나 '신'을 예비하고 있다는 식으로 오해해서는 안 된다. 왜냐하면, 그의 시는 역설적이게도 '생'의 시간에서 죽음과 부재하는 '신'의 세계를 가늠하는 데 전력하기 때문이다. 이런 의미에서 그의 시는 모순, 역설, 반어로 출렁이는 부정의 시학을 내포한다. 그의 시가 '생'과 '신'을 말하고 있더라도, 그 안에는 죽음과 묵시의 세계가 존재하고 있는 것이다. 예컨대, 「의학용어사전」을 보라.

#1

국어: barbaralalia 외국어발음불능증

#2

비: abarticular 관절과관계없는—, 비관절—

#3

문: acculturationproblem 문화적응문제

#4

잠: baillock 베일잠금장치

#5

너: absorptionenergy 흡수에너지

#6

사과: apple 사과

#7

돼지: Ascaris suum 돼지회충

#8

사람: anthropophilism 사람기호성

#9

시: abortionist 낙태시술자

—「의학용어사전」 전문

이 독특하고 매력적인 사전을 보라. ' : '을 기준으로 좌측 항은 피정의항이고 우측 항은 정의항이다. 그러니까 ' : '의 우측 항은 피정의항의 시니피앙에 대한 의학적 시니피에인 셈이다. 흥미로운 것은 우측 항에 웅크리고 있는 시니피앙이다. "국어"는 "외국어발음불능증"의 '국어', "문"은 "문화적응문제"의 '문', "잠"은 "베일잠금장치"의 '잠', "너"는 "흡수에너지"의 '너', 그리고 "시"는 "낙태시술자"의 '시', 이런 식이다. 이는 단순한 말놀이(pun)인가? 시니피앙 층위에서 발견되는 좌측 항과 우측 항 사이의 이러한 일치를 말놀이로 보기는 어렵다. 그의 "의학용어사전"에는 단순한 말장난으로 휘발되지 않는, 피정의항에 대한 새로운 의미를 파생시키는 독특한 의미 작용(signification)이 내재해 있기 때문이다.

따라서 판정은 시니피에 층위에 대한 검토 이후에 언도되어야 한다. 시니피앙 차원의 말놀이처럼 보이는 위의 시에서, 좌측 항과 우측 항 사이의 시니피에의 관계는 매우 의미심장하다. "국어"가 "외국어발음불능증"인 것은, 기의의 차원에서 "국어" '외' 다른 언어를 발음할 수 없기 때문이다. 곧, "국어"는 '외-국어-발음-불능-증'인 것이다. "문"이 "문화적응문제"라는 의학 용어로 설명될 수 있는 것도 같은 맥락에서 이루어진다. 즉 '문(門)'이라는 출입구 혹은 '문(文)'이라는 글은 '문화의 차이'라는 맥락 속에서 그 '문화'에 소속되어 거기에 적응하는 문제가 된다. 다시 말해, "문"은 그것이 출입구이든 문장이든 "문화-적응-문제"인 것이다. "잠"과 "너"의 설명은 또 얼마나 흥미로운가, "비"와 "사과"와 "돼지"는 왜 아니겠는가?

이미 예상했겠지만, 「의학용어사전」에서 우리가 특별히 관심을 가져야 할 단어는 "사람"과 "시"이다. 그의 '한글 사전'에서 'ㅅ' 계열의 단어들은 중심점을 이루고 있다. 아마도 그는 두 번째 시집에서 'ㅅ'을 집필하고 있는 중인지도 모르겠다. 질문은 이렇다, 왜 "사람"과 "시"는 "사람기호성"과 "낙태시술자"라는 의학 용어로 설명되는가? 이는 그가 "사람"과 "시"를 일종의 질병의 차원에서 바라보고 있음을 암시하는가? 그의 시가 '한글 사전'의 순서에 따라 편찬된 것이라면, 우리의 결론도 자연히 그 순서를 따라야 한다. 먼저, 그의 사전을 좇아 '생'에서 시작하기로 하자. 그의 '한글 사전'이 이를 어떻게 기술하고 있는지 자못 궁금하다.

2. 죽음의 모래, 생의 해변의 구성 물질

그 해변에서는 가벼운 화재도 사소한 싸움도 일어나지 않는 것이다 도대체 살아 있는 사람이 도착하지 않는 것이

다

그 해변은 지루해서 지루해서 지루해서 작은 모래알은 더 작은 모래알을 질투하는 것이다 더 작은 모래알보다 더

더더더더더더더더더더더더더 작아지려고 자꾸 발끝을 벼랑 위에 세우는 것이다 벼랑이 먼저 무너지는 것이다

모래를 넘어 모래를 넘어 모래를 넘어 모래를 넘어 모래를 넘어 모래를 넘어 모래가 넘어지는 것이다 그 해변은 그렇게 더

더더더더더더더더더더더더더 가까이 세계의 끝으로 다가가고야 마는 것이다

—「그 해변」 전문

「그 해변」에서 펼쳐지는 풍광을 보라. 시는 얼핏 고요의 세계를 직조하고 있는 듯 보인다. 그러나 겉으로 드러난 이런 현상계의 풍광을 벗어나 미시 세계 속으로 들어가면 상황은 급변한다. "작은 모래알"의 세계에서 밖의 고요는 안의 격렬로 들끓고 있다. 여기서 미시 세계에 대한 경이는 존재하지 않는다. "더더더더더더더더더더더더더 작아지려고 자꾸 발끝을 벼랑 위에 세우는 것"에서 보듯, 미시 세계의 격렬은 소멸을 향한 운동이기 때문이다. 이렇

게 말할 수 있겠다, 미시(微視) 세계의 운동은 미시(未視)로의 운동이라고. "세계의 끝"이라는 말은 군더더기 없이 이를 단언한다. 이때 "더더더더더더더더더더더더"도 그렇지만, "모래를 넘어 모래를 넘어 모래를 넘어 모래를 넘어 모래를 넘어 모래를 넘어"의 반복은 "모래가 넘어지는" 소멸의 운동의 격렬함을 강화한다. "그 해변"의 풍경은 "세계의 끝"으로 향하는 순간의 강렬한 파토스를 포착하고 있다.

이는 단지 "그 해변"의 풍경만일까? 그렇지는 않다. "세계의 끝"으로 향하는 이 격렬한 움직임은 우리 '생'의 풍광이기도 하다. '생'의 출발인 '생일'이 '죽음'과 함께 출발한다는 것은 이를 예증한다.

> 장미나무에
> 장미꽃이 핀다.
>
> 다시 한 번, 너를 잊어야겠다.
>
> 그래도
>
> 장미나무에
> 장미꽃이 핀다.
>
> 나는 죽었다.

—「생일」 전문

일반적으로 '생일'은 '생'의 시작을 고지한다. 그리고 그 날은 해마다 반복된다. 마치 반복적으로 피는 "장미꽃"이 "장미나무"의 생의 축하의 메시지이듯. 그러나 유지소의 '한글 사전'에서 '생일'은 죽음, 곧 '제일(祭日)'로 귀결된다. "너를 잊어야겠다"의 '너'가 '생'이라면, "다시 한 번"이라는 말은 '생'을 잊고자 하는 주체의 사념의 반복적 운동을 보여 준다. 따라서 "너를 잊어야겠다"는 다짐 이후에도 피는 "장미꽃"은 생일 축하의 꽃이 아니라 죽음을 애도하는 조화(弔花)가 된다. 생일과 제일의 돌연한 결합, 그 결과 "장미꽃"이 축화(祝花)이자 조화가 되는 일은 낯설고 기이하지만, 유지소의 시에서는 전혀 그렇지 않다. 죽음으로 미만한 그의 시집에서 이를 찾기란 장미나무에서 장미꽃을 찾기보다 쉽다. "자기 장례식에도 늦을 놈, 오늘 드디어 그놈이 되고 말았습니다"(「완주」)를 보라. "생전 처음 보는 내 무덤들"(「어디에 묻혀 있나, 나는」)도 마찬가지이다.

그렇다면 생이란 무엇인가? 그의 사전을 다시 들춰야겠다. 눈에 띄는 것은 "아가야,/산다는 말은/바꾼다는 말과 같은 말이란다"(「우리 동네 뻐꾸기가 우는 법」)라는 용례이다. 이를 '바꿈'의 연속으로 생이 지속된다는 의미로 이해하지는 말자. 왜냐하면 생으로서의 '바꿈'은 마침내 "몸을 바꾸는 것"(같은 시)으로 의미를 바꾸기 때문이다. 이는 생이 몸의 바꿈, 시간과 공간의 전변 속에서의 육신의 탈

각임을 보여 준다. 그리고 죽음의 세계로의 몸의 '바꿈'은 우리의 생을 주검의 집적으로 변화시킨다. 시 「패총」의 일절, "&&& 껍데기 옆에 껍데기 &&& 껍데기 위에 껍데기 &&& 껍데기 틈에 껍데기 &&&"(「패총」)는 형해화된 생의 모습을 직접적으로 보여 주고 있다. 여기에서 "통유리 안에서" "가랑이를 벌리고 있는" '패총'은 "오늘도 썩지 못하고 &&& 오늘도 선사시대"의 대리물로 존재한다.

문제는 우리가 선사시대의 죽음이 전시되는 이곳에 입장하기 위해서는 '손도장'을 찍거나 '관람료'를 지불해야 한다는 사실이다. 그러니까 우리는 "비싼 값을 주고/병든 인생을 산"(「다정한 모자」) 것이다. 그러니 얼마나 잔인한 일인가, 생은. 그것은 우리에게 "죽어서도" "모자를" "쓰라고 말"하고, "봉분을 쓰고 외출"하라고 명령한다. 우리의 생이 "세계의 끝"과 '죽음'을 "비싼 값"을 주고 사는 일이라면, '시'는 그것에 웃돈을 얹어 무덤을 파는 일과 다르지 않다.

> 검은 물이 뚝뚝 떨어지는
> 제4번 방을 발견했소
> 내 무덤 같아서 파헤쳐 보았소
> 나무가 있었고
> 나비가 있었고
> 죽은 쥐새끼가 있었고

나는 없었소

연꽃을 생각하면 연꽃이 사라지고
사자를 생각하면 사자가 사라지는
늪이 있었소
내 무덤 같아서 파헤쳐 보았소
늪은 늪의 무덤일 뿐
나는 없었소

나는 언제 죽었나
어디에 묻혀 있나, 나는

내 얼굴을 달고 탈춤을 추는
한 사람이 있었소
그 사람은 언제나 북장단보다
한 박자 빠르거나 한 박자 늦었소
그 사람 내 무덤 같아서 파헤쳐 보았소
촛불이 있었고
빈 지갑이 있었고
생전 처음 보는 고래가 있었고

생전 처음 보는 내 무덤들이 있었고

—「어디에 묻혀 있나, 나는」 전문

이 시는 첫 시집 『제4번 방』(천년의시작, 2006)의 메타시이다. "검은 물이 뚝뚝 떨어지는/제4번 방"은 직접적으로 그의 시의 첫 '생일'을 호출한다. "나무", "나비", "죽은 쥐새끼" 등은 '생일'의 축하 선물 목록들이다. "제4번 방"의 사건은 '나의 무덤'인 그곳에서마저도 내가 없다는 사실에서 발생한다. "내 무덤들"로 추정되는 "제4번 방"과 "늪"과 "그 사람", 그 어디에도 '나'는 없다. 그렇다면 대체 '나'는 "어디에 묻혀 있나"? 여러 가능성이 있겠지만, 가장 자연스러운 것은 '내'가 아직 죽지 않았다는 해석이다. 그러나 그의 질문이 '내가 어디에 있나'가 아니라 '내가 어디에 묻혀 있는가'임을 상기할 때, 이는 적절치 않다. 무엇보다도 그가 이미 죽음을 전제하고 있다는 사실, 그리고 그의 시는 지관(地官)처럼 죽음의 자리를 찾고 있다는 사실을 잊어서는 안 된다. 그러니까 그에게 필요한 일은 죽은 자를 부활시키는 것이 아니라, 죽은 자의 거소를 마련하는 것이다.

그러므로 그의 시는 "그 해변"의 무덤이거나 패총이다. "더더더더더더더더더더더더"에 암시된 죽음으로의 점근 운동을 통해, "나·無"(「나,무」, 『제4번 방』)의 세계가 현현하고 있다. 이것은 시적 주체가 삶과 죽음의 경계에 있음을 암시적으로 보여 준다. "나는 삶과 죽음 사이에 꿋꿋하게 서 있어요"(「찌」, 『제4번 방』)에서 보듯, 그의 '생'은 한편으로는 '죽음'과 대면하면서, 다른 한편으로는 "삶과 죽음 사이"에 있는 것이다. '생과 사', 아니 한글의 자모순으로 치자면 그는 '사와 생'의 사이에 있는 셈이다. 그의 '생'은 '사'보다 한발 늦다.

4. 소돔의 콜라주와 부재하는 신

'신'에 대해 사유해야 하는 이유는 죽음 이후의 생에 대한 고민 때문이다. 그러나 놀랍게도 그의 시집 전체에서 '신'이란 단어는 단 한 차례도 등장하지 않는다. 이는 그가 사후 세계의 복락에 대한 사유보다는 '신'의 묵시에 대한 사유에 천착하고 있음을 보여 준다. 그렇다면 '신'은 어디에 있는가? 그의 「의학용어사전」이 "#9/시"로 끝나는 것은 무엇을 암시하는가? 어쩌면 그의 사전에서 '신'은 부재로서만 존재하는지도 모르겠다.

그가 "넬리 아르캉의 『창녀』를 갈갈이 찢어 붙"여 만든 시 「콜라주 20081224」는 '크리스마스이브'의 풍경을 다음과 같이 그리고 있다.

> ### 훌쩍거리는 발바닥 ### 계단식 허파 ### 소돔 백이십 일 접촉소개소 ### 에나멜 구두의 관점에서 침대용 빨강 머리는 금지 식품이다 ### 무의미의 블랙홀 ### 베일을 쓴 텍스트는 뽕브래지어가 지긋지긋하옵니다 ### 갈고리의 서글픈 척추 측만 ### 근심사를 쇼핑하는 폭풍우 ### 물렁물렁 ### 흐물흐물 ### 천국의 플랫폼에는 사악한 초콜릿이 대기 중이지 ### 고무 인형의 핵심은 이중의

덧칠에 있어요 ### 당신의 영웅적 꼼지락증 당신의 붉은 반점은 최신 유행이야 ### 처방의 최종 목표는 질주하는 히스테리에 있고 ### 근친상간과 백일몽을 교접한 멜로드라마는 식탐을 유발하고 ### 늘 그런 식이니까요 ### 굿나잇 ### 벽난로와 음부를 바꿔치기하는 산타클로스 ### 불특정 다수의 평행 관계는 가면의 세계를 창조한다 ### 똥개의 시각으로 무의식과 메커니즘 접붙이기 ### 자발적으로 뒤틀린 욕망의 탭댄스 ### 나는 진행 중인 기절초풍이에요 나를 납치해 주실 분? ###

—「콜라주 20081224」 전문

'콜라주'라는 기법 자체는 논외로 하자. 중요한 것은 '2008년 12월 24일' 크리스마스이브가 "소돔 백이십 일"로 대체되는 광경이다. "벽난로와 음부를 바꿔치기하는 산타클로스"를 보라. 여기서 창세기의 '소돔'은 현대판 "근친상간과 백일몽을 교접한 멜로드라마"와 교차되고 있다. 창세기의 '소돔'이 넬리 아르캉의 입을 빌어 유지소식 콜라주로 재탄생하고 있는 것이다. 그러니 "똥개의 시각으로 무의식과 메커니즘 접붙이기"는 넬리 아르캉의 목소리이지만, 「콜라주 20081224」의 시적 주체의 발화이기도 하다. 여기에 '신'은 있는가, 창세기에서 아브라함의 항변의 목소리를 듣던 '신'은 어디에 있는가? 넬리 아르캉의 『창녀』에서 "천국의 플랫폼에는 사악한 초콜릿이 대기 중"일 뿐이라면, '2008년 12월 24일'의 무덤에서 '나의 시신'

을 찾아 줄 분은 대체 누구인가? "나를 납치해 주실 분?" 이라는 마지막 요청은 그의 시에서 다음과 같은 질문으로 변용되고 있다.

> 철책을 따라 걷고 있었다 …… 다시 묻는데 내 죄가 뭐죠? 등 뒤에서 불쑥 누군가가 물었다 뒤돌아보았지만 아무도 보이지 않았다
>
> —「찔레꽃」 부분

> 투헤븐(하늘 끝까지? 하늘에 맹세코?)에서는 이틀 만에 쫓겨났다더니
>
> —「새로 세 시, 24시 돼지국밥 집에서」 부분

> 그런데 우린 뭘 했었지?
> 깜깜한 찔레 덤불 속에서
>
> —「뱀」 부분

"내 죄가 뭐죠?"라는 물음, "하늘 끝까지? 하늘에 맹세코?"의 혼돈, "그런데 우린 뭘 했었지?"의 망각은 이 세계에 미만한 죄와 악의 근원과 구원에 대한 물음과 통한다. 문제는 이러한 물음과 혼돈과 망각에 대해 어떤 응답도 구할 수 없다는 점이다. 그의 '한글 사전'에 '신'이 '생'의 다음에 오는 이유가 무엇인지 알 수 있는 대목이다. '신'이 '생' 이후에 온다는 것은 '생'에는 '신'이 없음을 반증하지

않는가. 「임종 전야」와 「십자드라이버」에 나타난 종교적 상징들이 비종교적 암유로 읽힐 수 있는 것도 바로 이 때문이다. 그리고 마침내 다음의 시가 탄생한다.

1. 실수의 온도

태초에 남자의 체온은 18℃였다 태초에 여자의 체온도 18℃였다 태초의 남자와 태초의 여자가 태초로 몸을 합해서 태초의 아기를 만들었는데 그 아기의 체온은 36.5℃였다

그들은 이해할 수 없었다 18 더하기 18은 36이 분명한데…… 어디서 0.5의 불순물이 섞였던 걸까…… 어쩔 수 없이 그들은 태초의 실패작을 내다 버렸다 태초의 실수였다 그들은 죽을 때까지 깨닫지 못했다 태초의 실패작 속에 무엇이 들어 있었는지를

2. 두려움의 온도

태초의 버림받은 이 기억 때문에 또다시 버림받지 않을까 하는 두려움 때문에 오늘날도 아기들은 태어나는 순간 심하게 운다

간혹 울지 않는 아기도 있는데 울지 않으면 의사들이 아기의 엉덩이를 때려 준다 의사들은 태초의 기억을 살려

주는 것도 자기들의 의무라고 생각한다

3. 호기심의 온도

오늘도 여자들과 남자들은 지구 곳곳에서 몸과 몸을 포갰다가 뗐다가 마음과 마음을 합쳤다가 쪼갰다가, 생체 실험에 몰두하고 있다

태초에 태초의 그 불순물은 어디서 어떻게 생겨났을까 그 불순물이 도대체 뭐길래 사랑하다 이별을 하면 심장이 얼어붙거나 영혼에 오한이 드는 것일까

—「0.5℃」 전문

우선 주목할 것은 태초의 시간에 '사람'만 있고 '신'이 없다는 사실이다. 이러한 사실이 신의 창조설에 대한 부정이라는 함의를 포함하는지는 알 수 없으나, 그의 시에서 '신'은 태초의 시간에도 부재중이라는 사실만큼은 분명해 보인다. 더욱 흥미로운 것은 "태초의 아기"가 "태초의 실패작"으로 간주되어 유기(遺棄)된 이유가 태초의 인간의 무지에서 비롯한다는 사실이다. "2. 두려움의 온도"는 이러한 "태초의 실수"의 함의가 망각이 아니라 상기(想起)에 있음을 여실히 보여 준다. 이것은 상기한 대로, 우리의 생이 "태초의 실수"를 상기하는 일에서 시작됨을 뜻한다.

문제는 '오늘'이다. "생체 실험"이란 단어에 두 번 출현

하는 'ㅅ'은 아기의 유기가 반복되고 있음을 문자적으로 보여 준다. 이 단어가 지닌 차가움은 '0.5℃'라는 온도의 결여를 보여 주는 듯하다. 아무튼 "사랑하다 이별을 하면 심장이 얼어붙거나 영혼에 오한이 드는 것일까"라는 구절은 '실수와 두려움과 호기심의 온도'가 결국 '사랑의 온도'임을 분명히 한다. 즉 사랑의 실패가 야기하는 것은 '오늘'의 죽음("심장이 얼어붙거나 영혼에 오한이 드는 것")이다. 이것이 함의하는 바는 적지 않은데, 그의 '한글 사전'에서 누락된 혹은 누락한 단어가 무엇인지를 보여 주기 때문이다. '사랑'이 그것이다.

5. 사랑, 누락된 단어

분명 그의 '한글 사전'은 'ㅅ'에 펼쳐져 있다. 아니 'ㅅ'에 멈춰 있다는 말이 정확할 것이다. 'ㅅ'에는 미처 담지 못한 단어가 있다.

> 내 사랑의 수위를 낮춘다. 네 쇄골보다 낮게, 네 명치보다 낮게, 네 배꼽보다 낮게. (콩팥이란 말 참 좋다, 네 콩팥보다 더 낮게.) 그만하자. 이건 너무 통속적이다. 다시 시작하자, 전략적으로. 너에 대한 내 사랑의 수위를 낮춘다. 네 무릎보다 낮게, 네 발목보다 낮게, (네 노란 생각의 깊이보다 더 깊이.)
>
> 거미…… 하는데 한 사람이 서 있다. 말미잘…… 하는

데 누군가 쿡쿡 웃는다. 자연은 비밀이 너무 많다. 뻘은 비밀의 글자로 적은 비밀 편지 같다. 한번 빠진 발을 더 깊이 빨아들이는 물컹물컹한 글자들. 너는 너무 쉽게 움직이는 물질이어서, 나는 나를 고정시킬 수가 없다. 홍합처럼 족사(足絲)를 가지고 싶은 이 마음.

이렇게 솔직해도 좋은 것일까, 가령 누군가를 죽여야 한다면. 이렇게 예측 가능해도 괜찮은 것일까, 누군가를 진짜 속여야 한다면. 이렇게 용의주도해도 슬픈 것일까, 결국 그 누군가를 사랑해야 한다면.

나는 모른다, 아무것도 몰라서 계속할 수 있다.

—「썰물」 부분

"사랑의 수위"를 낮추는 이유가 '썰물'처럼 빠진 어떤 사람과의 이별 때문이라면, 이는 역설적이다. 결국 '사랑'은 사랑의 결여를 통해서만 유지될 수 있기 때문이다. 이러한 역설은 '나'와 '너'의 근본적 차이에서 발생한다. "너는 너무 쉽게 움직이는 물질이어서, 나는 나를 고정시킬 수가 없다"는 이를 표현하고 있다. "내 피는 얼음처럼 차갑고 너의 피는 드라이아이스처럼 뜨거우니까"(「해충의 발생」)에 드러난 양자 사이의 본성적 차이와, "사랑에 빠져 있는 나는 한 바퀴에 삼 년씩 젊어지고/이별을 준비 중인 너는 한 바퀴에 삼 년씩 늙어 버리자"(「운동하러 가자」)에 표현된 정념의 차이를 보라. 요컨대 사랑은 "오전과 오후,

밤과 낮, 여자와 남자, 차도와 인도, 해와 달…… 너와 나의 이분법들"(「썰물」)이 썰물과 함께 실체를 드러내는 시간 속에 있다. 「내 방에 매달린 벽시계가 1초마다 말씀하시길」의 "넌-나. 난-너"의 반복과 「우리 집에 살던 귀뚜라미 한 마리가 죽을 때까지 하신 말씀이」의 "난나난나 넌너넌너"의 반복은 이러한 이분법을 강박적으로 반복하고 있다.

"홍합처럼 족사(足絲)를 가지고 싶은 이 마음"은 이러한 상황에서 벗어나고 싶은 간절한 심리를 표현한다. 문제는 "누군가를 죽여야 한다면" 상대방에게 솔직해서는 안 되고, "누군가를 진짜 속여야 한다면" 속임수가 예측 가능해서는 안 되듯이, "결국 그 누군가를 사랑해야 한다면" '용의주도함'도 별반 소용이 없다는 데 있다. '용의주도함'의 차이가 사랑의 실패를 결정하지 못하기 때문이다. 왜 아니겠는가, '용의주도함'으로 사랑을 유지할 수 있다면 어찌 이별의 슬픔이 있겠는가. 그렇다, 사랑은 "아무것도 몰라서 계속할 수 있"는 어떤 일이다. 이로부터 사랑과 증오의 왕복운동이 생의 구비들을 채운다. "당신은 두 팔을 지구의 반 바퀴나 휘두르며 이것은내탓이아닙니다, 하고 당신의 탓을 나에게 넘기고 탓, 하고 탓이 나에게 돌아오고"(「우리테니스교실」)는 다소 우회적으로 이를 표현하고 있다. 그 '탓'이 우리의 생 속에 매우 신기한 '해충'(「해충의 발생」), '거품벌레'를 키운다.

ㅇㅇㅇㅇㅇㅇㅇㅇㅇㅇㅇㅇㅇㅇㅇㅇㅇㅇㅇㅇㅇㅇㅇㅇㅇㅇㅇㅇ

ㅇㅇㅇㅇㅇㅇㅇㅇㅇㅇㅇㅇ거품으로ㅇㅇㅇㅇㅇㅇㅇㅇㅇㅇㅇㅇ

ㅇㅇㅇㅇㅇㅇㅇㅇㅇㅇㅇ집을ㅇㅇ만들고ㅇㅇㅇㅇㅇㅇㅇㅇㅇㅇ

ㅇㅇㅇㅇㅇㅇㅇㅇ거품으로ㅇ직장을ㅇ만들고ㅇㅇㅇㅇㅇㅇㅇㅇ

ㅇㅇㅇㅇㅇㅇㅇㅇㅇㅇㅇㅇㅇㅇㅇㅇㅇㅇㅇㅇㅇㅇㅇㅇㅇㅇㅇㅇ

ㅇㅇㅇㅇㅇㅇㅇㅇ거품으로ㅇ너를ㅇ만나고ㅇㅇㅇㅇㅇㅇㅇㅇㅇ

ㅇㅇㅇㅇㅇㅇㅇㅇㅇㅇㅇㅇ거품으로ㅇㅇㅇㅇㅇㅇㅇㅇㅇㅇㅇㅇ

ㅇㅇㅇㅇㅇㅇㅇㅇ거품으로ㅇ너를ㅇ사랑하고ㅇㅇㅇㅇㅇㅇㅇㅇ

ㅇㅇㅇㅇㅇㅇㅇ거품으로ㅇㅇ너를ㅇㅇ거절하고ㅇㅇㅇㅇㅇㅇㅇ

ㅇㅇㅇㅇㅇㅇ거품으로ㅇㅇㅇ너를ㅇㅇㅇ간섭하고ㅇㅇㅇㅇㅇㅇ

ㅇㅇㅇㅇㅇㅇㅇㅇㅇㅇㅇㅇㅇㅇㅇㅇㅇㅇㅇㅇㅇㅇㅇㅇㅇㅇㅇㅇ

ㅇㅇㅇㅇㅇㅇㅇㅇㅇ거품ㅇㅇㅇㅇㅇㅇ속에서ㅇㅇㅇㅇㅇㅇㅇㅇ

ㅇㅇㅇㅇㅇㅇㅇㅇㅇㅇㅇ밥을ㅇㅇ먹고ㅇㅇㅇㅇㅇㅇㅇㅇㅇㅇㅇ

ㅇㅇㅇㅇㅇㅇㅇㅇㅇㅇㅇ똥을ㅇㅇ싸고ㅇㅇㅇㅇㅇㅇㅇㅇㅇㅇㅇ

ㅇㅇㅇㅇㅇㅇㅇㅇㅇㅇㅇ꿈을ㅇㅇ꾸고ㅇㅇㅇㅇㅇㅇㅇㅇㅇㅇㅇ

ㅇㅇㅇㅇㅇㅇㅇㅇㅇ거품ㅇㅇㅇㅇㅇㅇ속에서ㅇㅇㅇㅇㅇㅇㅇㅇ

ㅇㅇㅇㅇㅇㅇㅇㅇㅇㅇㅇㅇㅇ혼자ㅇㅇㅇㅇㅇㅇㅇㅇㅇㅇㅇㅇㅇ

ㅇㅇㅇㅇㅇㅇㅇㅇㅇㅇㅇㅇㅇ울고ㅇㅇㅇㅇㅇㅇㅇㅇㅇㅇㅇㅇㅇ

ㅇㅇㅇㅇㅇㅇㅇㅇㅇㅇㅇㅇㅇㅇㅇㅇㅇㅇㅇㅇㅇㅇㅇㅇㅇㅇㅇㅇ

ㅇㅇㅇㅇㅇㅇㅇㅇㅇㅇㅇ거품이 없으면ㅇㅇㅇㅇㅇㅇㅇㅇㅇㅇㅇ

ㅇㅇㅇㅇㅇㅇㅇㅇㅇ나도 없을 것만 같고ㅇㅇㅇㅇㅇㅇㅇㅇㅇㅇ

ㅇㅇㅇㅇㅇㅇㅇㅇㅇㅇㅇㅇㅇㅇㅇㅇㅇㅇㅇㅇㅇㅇㅇㅇㅇㅇㅇㅇ

ㅇㅇㅇㅇㅇㅇㅇㅇㅇㅇㅇ거품이 없으면ㅇㅇㅇㅇㅇㅇㅇㅇㅇㅇㅇ

ㅇㅇㅇㅇㅇㅇㅇㅇㅇ인생도 없을 것만 같고ㅇㅇㅇㅇㅇㅇㅇㅇㅇ

ㅇㅇㅇㅇㅇㅇㅇㅇㅇㅇㅇㅇㅇㅇㅇㅇㅇㅇㅇㅇㅇㅇㅇㅇㅇㅇㅇㅇ

—「거품 벌레」 전문

결국 "거품"으로 만난 사람과 그것으로 만든 사랑은 "거품" "속에서" 사라질 수밖에 없다. 이는 "끝끝내 얼룩을 남기면서 질투합시다"(「질투 수업」)의 제언과 동궤를 이룬다. 그러니 그의 사랑은 "질투와 연민 사이"(「콩? 콩! 콩.」)에 있을 따름이다. 사랑 자체에 내재한 이 양가적 운동, 그것은 그의 '한글 사전'에서 "사람"이 왜 "사람기호성(anthropophilism)"인지를 암시적으로 보여 준다. 사람이 사람을 좋아하는 것은 그의 본성이자 병이다. 사랑도 마찬가지이다. "너, 토성의 고리처럼 너를 떠나면서 너를 떠나지 못하고 있는 너, 네가 사랑하는 너, 사랑할 수밖에 없는 너"(「해충의 발생」)에 대한 사랑이 마치 굴광성의 식물처럼 한 가지 방향을 취할 수밖에 없는 이유가 다음에 잘 표현되어 있다. "그럼에도 불구하고 오늘도 그렇게 우회전만 했다 사람이 사랑을 기다리는 곳에서 한 사람이 한 사람을 기다렸던 방향으로"(「태양 표절자」)……. 이는 사람을 포기해도 사랑을 포기할 수 없는 난국으로 요약된다. 그래서 다음과 같은 사랑이 출현한다.

나의 애인은
내 손바닥 안에 쏙 들어오는 돌멩이
산전수전 다 겪은 닳고 닳은 돌멩이

연못 속에 던져 버리면 연꽃을 던져 올리고
바다 속에 던져 버리면 바다를 업어 주는

(…중략…)

꽃도 아니고 별도 아니고
왜 하필이면
돌멩이를 소망하나 나는
개구리를 보면 개구리를 죽여 버리고
거울을 보면 거울을 깨어 버리고 싶은

—「나의 애인은」 부분

그는 "왜 하필이면 돌멩이를 사랑하나"? 2연("연못 속에 던져 버리면 연꽃을 던져 올리고/바다 속에 던져 버리면 바다를 업어 주는")이 표면적으로 보여 주는 것은, 사랑의 실패마저도 새로운 세계의 발현으로 종결되는 사랑에 대한 갈망이다. 그러나 이것이 마지막 연의 "왜 하필이면/돌멩이를 소망하나 나는"의 의문을 남김없이 해소하지는 않는다. "꽃도 아니고 별도 아니고"와 "개구리를 보면 개구리를 죽여 버리고/거울을 보면 거울을 깨어 버리고 싶은"은 이를 간접적으로 보여 주고 있다. 오히려 그의 사랑의 리비도는 죽음을 소망하는 것처럼 보인다. 달아나지 않는, 아니 내가 던질 때에만 달아날 수 있는 존재로서의 '돌멩이', 그리고 그 결과 생명과 거울의 파괴가 가능한, 따라서 그것은 죽음으로써 "나의 애인"을 봉인하려는 욕망의 반영이 아니겠는가. 그의 사전에서 '사랑'이 누락될 수밖에 없는 이유가 여기에 있다.

6. 잃어버린 '단어'를 찾아서

그의 첫 시집 『제4번 방』이 잃어버린 단어는 '나'(「나,무」, 「나비」)이다. 나무가 '나무(無)'이듯, 나비는 '나비(非)'이다. 그럼, 'ㅅ' 계열의 두 번째 시집에서는? 그건 단언컨대 '사랑'이다. '사랑'이 타자의 부재로 완성되기 때문인데, 이런 의미에서 「y거나 Y」 마지막 세 연은 처연하다.

> 새는 뿌리를 내리기 위해
> 나무에 둥지를 틀고
> 나무는 더 멀리 날아가기 위해 새를 날린다
>
> 새는 나무로 돌아오는 힘으로 일생을 살고
> 나무는 새를 날려 버리는 힘으로
> 일생을 버틴다
>
> 새가 영원히 나무로 돌아오지 않을 때
> 나무는
> 비로소 완전한 나무가 된다
>
> —「y거나 Y」 부분

'나무'와 '새'의 관계를 보라. "단언컨대/새는 나무 이후에 있었다"는 단언에서 시작하여, "y거나 Y"가 "새의 은자

부호"와 "나무의 부표"라는 인식을 거쳐, 마침내 위의 세 연에 이르렀다. 위의 '나무'가 여전히 '나무(無)'의 자장 안에 머무르고 있다면, '새'와 '나무'는 하나의 '생'이 된다. 왜냐하면 '나무'가 지탱하고 있는 것이 '새'이고, '나무(無)'의 제로가 '생'의 받침 'ㅇ'이라면, '새'의 비상이 의미하는 '나무'와의 이별은 '나'의 부재를 전제하기 때문이다. 받침 'ㅇ'은 "새의 은자부호"이자 시적 주체의 죽음의 부호인 셈이다. 이것이 마지막 연 "완전한 나무"의 의미이다.

바로 여기에서 '사랑'의 의미가 도출된다. 대문자 'Y'가 소문자 'y'가 지닌 결여, 곧 절름발이를 딛고 선 문자라면, 그것은 "완전한 나무"의 기표가 된다. 이때 대문자 'Y'는 '그'의 죽음의 접근 금지를 알리는 대문자 'X'("방문에 검은 X를 커다랗게 쳐 놓지 않았다면", 「쇼 605」)와 짝패를 이룬다. 두 문자의 결합인 'XY'가 '사랑'이라면, 그것은 이미 그 내부에 불가능성의 기표인 'X'를 포함하게 된다. 그러니까 소문자 'xy'의 결합은 가능할지라도, '사랑'은 불가능하다. "새가 영원히 나무로 돌아오지 않을 때"에만 '사랑'은 주체를 "완전한 나무"로 변화시킨다는 뜻이다.

마침내 우리는 그의 "의학용어사전"에서 "시"가 "abortionist 낙태시술자"인 이유를 추론할 수 있게 되었다. 그에게 시는 생명의 지체를 분절하는 자이다. 그것이 '나'의 지체이든 '그'의 지체이든, 아니면 '사랑'의 지체이든, 그의 시는 그로부터 생명의 지체를 분리한다. 긍정적이든 부정적이든, 원하든 원치 않든, 이러한 사태는 “사람”이 “사람기호성”이라는 사실에서부터 발생한다. 어쩌면 그의 “사람기호성”의 기저에는 ‘사랑기호성(sophiapophilism)’이 있는지도 모르겠다. 그리하여 시가 “낙태시술자”가 아니라 ‘생의 산파(midwife)’가 되는 날, 그의 ‘나무(無)’와 ‘나비(非)’는 ‘사랑’의 불가능의 징표에서 비상하는 ‘새’로 태어날 것이다. 하여 ‘생’과 ‘신’의 사이에서 한 마리 ‘새’로 날아올라 ‘한글 사전’의 첫머리에 등재되어도 좋다.